# BODOS ABENTEUERREISEN IM REGENWALD

**Impressum**
Deutschsprachige Erstausgabe November 2021



**Der Nardy-Verlag wird vertreten durch:**
Philipp Bernardy
Hermanstraße 5 1/2
86150 Augsburg

**Autorin:** Susanne Garcia Beier
**Covergestaltung und Satz:** Buchgewand Coverdesign | www.buch-gewand.de
**Verantwortlich für den Druck:** Amazon Distribution GmbH, Leipzig

# BODOS ABENTEUERREISEN IM REGENWALD

EIN SPANNENDES VORLESEBUCH
FÜR KINDER AB 5 JAHREN

SUSANNE
GARCIA BEIER

# INHALTSVERZEICHNIS

# INHALTSVERZEICHNIS

# BRÜLLAFFE BODO

Linus lag schon lange im Bett. Aber schlafen konnte er nicht. Er hatte seine Taschenlampe mit unter die Bettdecke genommen. Linus wollte noch ein bisschen lesen. Denn das neue Buch war einfach toll: Spinnen, Schlangen und Krokodile waren abgebildet. Riesige Papageien mit bunten Federn. Auch Fotos von Ameisen gab es. Und von Tieren, die er noch nie in seinem ganzen Leben gesehen hatte. Dabei war er schon sieben Jahre alt. Aber die Tiere aus diesem Buch gab es weder im Zoo noch bei seiner Freundin Sofie. Und Sofie hatte wirklich viele Haustiere. Denn Sofies Tante Helen war Tierärztin. Deshalb durfte Sofie auch so viele Haustiere haben. Denn Tante Helen konnte sich immer um sie kümmern, wenn sie einmal krank waren. Tante Helen durfte sogar Elefanten behandeln. Und andere außergewöhnliche Tiere. Linus und Sofie hatten schon viel von Tante Helen über alle möglichen Tiere erfahren. Aber eben nicht über alle. Es gab ja viel zu viele verschiedene Tiere auf der Welt. Und obwohl Linus schon richtig gut lesen konnte, waren die Namen der Tiere in diesem Buch hier manchmal richtig schwierig – aber auch lustig. Zuletzt hatte Linus sich das Gürteltier angesehen. So ein komisches Wesen! Es sah aus, als hätte jemand verschiedene Tiere zusammengemischt. Mit Panzer und Fell und langer Nase. Hier im Zoo hatte er zwar schon einige Tiere gesehen – aber ein Gürteltier noch nie. Er würde Sophies Tante fragen, ob sie schon ein echtes Gürteltier gesehen hatte. Aber das ging erst nach den Schulferien. Denn Sophies Tante war gerade irgendwo im Urlaub. „Weit weg“, hatte Sophie erzählt.

Linus wäre auch gerne weit weg in den Urlaub gefahren. Aber dieses Jahr hatte es nur für den Campingplatz am Bodensee gereicht. Zum Glück hatte Mama ihm dieses Buch geschenkt. Linus liebte Tiere. Und im Urlaub am Bodensee hatte er nur einmal ein paar Enten und ein anderes Mal ein paar Schafe gesehen. Das war alles. Deshalb hatte Mama das Buch gekauft und gesagt: „Lies das! Im Regenwald gibt es so viele Tiere, da wirst du Augen machen!“ Sie hatte recht.

Als Linus zu den Affen blätterte, musste er lachen. „Roter Brüllaffe“ stand da. So nannte Papa Linus auch manchmal. Aber Linus hatte nicht gewusst, dass es Brüllaffen wirklich gibt. Linus streichelte dem Brüllaffen im Buch übers Fell. Es war beinahe rot. Oder eher dunkelorange. Um den Kopf war der Brüllaffe sehr flauschig. Linus lächelte den Brüllaffen an.

„Hallo du!“, sagte Linus. „Ich bin auch ein Brüllaffe, sagt Papa immer.“

„Quatsch!“, sagte der Brüllaffe.

Linus zuckte zusammen. Hatte der Brüllaffe eben mit ihm geredet?

„Was guckst du so?“, fragte der Brüllaffe. „Du bist ein Mensch. Und ich brauche deine Hilfe. Los, komm mit!“ Der Brüllaffe drehte sich um und streckte seinen Popo mit dem meterlangen Schwanz in Richtung eines Baumes. Dann wickelte er den Schwanz um einen dünnen Ast und hängte sich daran. Linus starrte den Brüllaffen an. Er konnte nichts sagen.

Der Affe wurde ungeduldig. „Komm schon, ich brauche dich unbedingt!"

„Warum denn?", fragte Linus verdattert.

„Ich muss meine Familie finden!", brüllte der Brüllaffe. Dann holte er Schwung und landete mit einem Satz direkt vor Linus auf einem Ast. Der Affe streckte seinen langen haarigen Arm aus. Er griff nach Linus' Hand. „Ich bin Bodo."

„Ich bin Linus", sagte Linus.

Der Affe lächelte. Dann sagte er: „Meine Familie ist irgendwo am anderen Ende des Dschungels. Ich muss zu ihnen. Kommst du mit mir mit?"

„Warum ist deine Familie dort und du bist hier?", wollte Linus wissen.

Bodo machte ein trauriges Gesicht. „In unserem Wald hat es gebrannt. Dann haben sich alle schnell in Sicherheit gebracht. Aber ich habe es nicht geschafft."

Linus zog die Stirn in Falten. „Aber du bist doch hier? Also hast du es doch geschafft."

Bodo schüttelte den Kopf. „Mich haben Menschen gerettet. Die haben mich eingefangen und vom Feuer weggebracht. Die waren sehr nett zu mir. Aber ich wollte nicht bei den Menschen bleiben. Ich wollte zu meiner Familie. Also bin ich weggelaufen. Und jetzt bin ich ganz allein."

Das tat Linus sehr leid. Gerade wollte er fragen, wie er Bodo helfen könnte. Aber plötzlich klatschte Linus etwas auf den Kopf. Erschrocken ging Linus einen Schritt zurück. „Was war das?" Er fasste sich auf die Haare. Sie waren nass.

Bodo lachte. „Linus, wir sind hier im Regenwald. Da kommt immer irgendetwas von oben. Wasser, das von den großen Blättern tropft. Oder ein Papagei hat dir auf den Kopf gemacht?"

„Igitt!", sagte Linus. Bodo kicherte. Er hüpfte um Linus herum und fasste ihm auf den Kopf. „Keine Sorge. Das war nur Wasser."

Da war Linus beruhigt. Er schaute noch einmal nach oben. Über ihm wogte ein Dach aus grünen Blättern in allen Größen und Formen. Die Bäume waren riesig. Sie waren viel höher als das Haus, in dem Linus wohnte. Überall raschelte etwas. Zwischen den Blättern blitzte die Sonne hindurch.

„Vorsicht!", brüllte Bodo plötzlich. Mit einem Satz sprang er Linus an, der erschrocken drei Schritte rückwärts ging. Bodo setzte sich neben ihn auf den Waldboden. „Das war knapp. Schau, was vor dir liegt!"

Linus schaute auf den Waldboden. Aber er sah nicht, was Bodo meinte. „Ich sehe nichts“, sagte Linus.

„Ein Faultier!“, brüllte Bodo. „Du wärst beinahe draufgetreten!“

Linus kniff die Augen zusammen. Tatsächlich: da hockte ein echtes Faultier vor Linus‘ Füßen. Sein Fell sah genauso aus, wie die braunen Blätter auf dem Waldboden. Auf den ersten Blick konnte man es kaum erkennen.

„Die Faultiere tarnen sich. Damit kein anderes Tier sie entdeckt“, erklärte Bodo.

Linus nickte. Ein Faultier hatte er schon einmal in einer Fernsehsendung gesehen. „Aber Faultiere hängen doch an den Bäumen?“, sagte Linus.

Bodo lachte. „Ja, normalerweise“, sagte er. „Aber einmal pro Woche kommen sie runter.“

„Warum?“, fragte Linus.

„Um ihr Geschäft zu machen“, sagte Bodo.

Linus machte große Augen. „Du meinst, sie müssen dann aufs Klo? Nur einmal in der Woche?“

Bodo nickte. „Faultiere sind so langsam, dass sogar ihr Körper viel langsamer arbeitet. Ist doch sonnenklar." Dann verschränkte er seine langen Affenarme über dem Kopf. „Kommst du denn jetzt mit?"

„Wo gehen wir denn hin?", fragte Linus.

Bodo zeigte nach oben. „In die Bäume", sagte er. „Und dann weiß ich nicht."

Linus überlegte kurz. Aber was war schon aufregender, als mit einem Brüllaffen durch den Dschungel zu flitzen? „Ich komme mit", sagte er dann. „Aber wie schaffe ich es denn auf die Bäume? Ich bin doch kein Affe."

Das hatte Bodo offenbar nicht bedacht. Er schlug die Hand vors Gesicht und sah verzweifelt aus. „Ach herrje. Du kannst gar nicht klettern?"

Natürlich konnte Linus klettern. Richtig gut sogar. An der Kletterwand im Pausenhof schaffte er es schon allein bis nach ganz oben. Aber auf einen Baum, der höher war als ein Haus, war er noch nie geklettert.

Bodo sah Linus prüfend an. „Ich könnte dich tragen", sagte er. „Aber ich benutze meinen Schwanz oft als Sicherungsseil. Und ich springe viel. Du musst dich unbedingt gut festhalten."

Aber ehe Linus antworten konnte, rauschte plötzlich etwas direkt an ihren Köpfen vorbei. Der Luftzug wirbelte Linus'

Haare durcheinander. Und dann wurde es auf einen Schlag laut im Wald. Linus und Bodo hielten sich die Ohren zu. Linus' Herz klopfte bis zum Hals, als Bodo ihn packte und mit ihm unter ein riesiges grünes Blatt flüchtete.

# RETTUNG AUS DER LUFT

Bodo lugte vorsichtig unter dem Blatt hervor. „Puh“, sagte er erleichtert. „Das sind nur die Aras.“

Linus kauerte ängstlich unter dem großen Blatt. „Die Aras?“, fragte er ängstlich. „Aber Aras sind doch Papageien? Warum sind die so laut?“ Linus war das nicht geheuer.

Bodo griff nach Linus und zog an seinem Arm. „Keine Angst. Die tun dir nichts. Es war so laut, weil es eine ganze Kolonie ist.“ Er zerrte Linus unter dem Blatt hervor. „Schau nach oben. Siehst du?“

„Wow!“, staunte Linus. In den Baumkronen über ihnen saßen unzählige Papageien. Sie waren wunderschön: Blau und gelb leuchtete ihr Gefieder zwischen den Blättern. Es waren so viele, dass Linus sie nicht zählen konnte. Sie trippelten auf den Ästen hin und her. Manche flatterten mit den blauen Flügeln. Dazu krächzten sie aufgeregt.

Bodo zog die Stirn in Falten. „Komisch“, sagte er. „Das sind Hyazinth-Aras. So viele auf einmal habe ich noch nie gesehen.“

„Warum ist das komisch?“, fragte Linus. Vorsichtig folgte er Bodo, der langsam einige Schritte vorwärtsging. Bei jedem Schritt schaute Linus zuerst kurz auf den Waldboden. Er wollte auf keinen Fall auf ein Faultier treten.

Bodo zeigte nach oben. „Siehst du, wie schön die Papageien sind?", fragte er. „Deshalb gibt nicht mehr so viele von ihnen. Weil sie so schön sind, haben die Menschen viele von ihnen eingefangen. Ich finde es seltsam, dass nun so viele auf einmal hier gelandet sind." Ohne auf eine Antwort zu warten, schwang Bodo sich auf den nächsten Baum. Flink kletterte er nach oben. Die blauen Aras flatterten zur Seite. Aber sie schienen keine Angst vor Bodo zu haben. Linus hielt die Luft an.

„He!", brüllte Bodo.

Linus zuckte zusammen. Bodo war wirklich ein richtiger Brüllaffe.

Bodo hangelte sich zu der Gruppe Aras hinüber und setzte sich neben sie. „Wo kommt ihr denn alle her?"

Einer der blauen Vögel plusterte sich auf. „Wir sind abgehauen. Der Wald brennt."
„Wald brennt, Wald brennt", wiederholten auf einen Schlag die anderen Papageien im Chor.

Linus konnte Bodos Gesicht nicht erkennen. Er sah nur, dass Bodo erschrocken die Hände vors Gesicht schlug. „Schon wieder?", sagte Bodo dann.

„Schon wieder? Schon wieder?", wiederholten die Papageien wie aus einem Schnabel.

Linus war nicht wohl in seiner Haut. Er hatte im Fernsehen Bilder von einem brennenden Wald gesehen. Das war doch gefährlich!

Der blaue Papagei nickte heftig. „Ja, auf einmal war da überall Rauch."

„Rrrrrauch, Rrrrrauch!", wiederholten die anderen. „Wir mussten schnell weg", sagte der Papagei.

Bodo nickte auch. „Das tut mir sehr leid", sagte Bodo.

„Leid! Leid", kreischten die Papageien.

Dann sagte Bodo: „Hier gibt es viele Nüsse. Und gute Baumhöhlen. Es wird euch hier gut gehen." Er wollte die Vögel trösten.

Der blaue Vogel seufzte. Dann rieb er seinen Schnabel an dem Ast auf, dem er saß. Plötzlich hielt er inne. Jetzt schaute er Linus direkt in die Augen. „Wer ist das?", fragte er. Er klang auf einmal ängstlich. Er rutschte auf seinem Ast ein Stück rückwärts. Auch die anderen Aras trippelten plötzlich wieder aufgeregt hin und her.

Bodo verstand erst nicht, was der Vogel meinte. Dann sah er, dass alle auf Linus starrten.

„Oh, Linus meint ihr? Keine Angst. Er ist nett."

Der blaue Ara hatte sich hinter einem Ast versteckt. Er sah Linus misstrauisch an. „Aber er ist ein Mensch", sagte der Papagei.

Bodo lachte. „Es gibt auch nette Menschen", sagte er. „Linus ist nett. Er hilft mir."

Linus freute sich. Bodo fand ihn nett. Das war toll. Er fand Bodo auch nett.

Die Papageien waren jetzt dicht zusammengerückt. „Wobei hilft er dir?", fragte der Papagei.

„Ich suche meine Familie", erklärte Bodo. „Ich habe sie verloren. Jetzt muss ich sie suchen. Ich heiße übrigens Bodo."

Der blaue Papagei schaute Bodo traurig an. „Du Armer. Ich bin Zito." Er rückte wieder näher an Bodo heran und strich ihm mit dem Flügel über das Fell. „Das ist schlimm mit deiner Familie. War es auch das Feuer?"

Bodo nickte. „Alle sind schnell weggesprungen. Mich haben ein paar Menschen vor dem Feuer gerettet. Aber ich wollte nicht bei den Menschen bleiben. Ich will meine echte Familie wiederhaben."

Der Papagei nickte stumm. „Familie", krächzte er.

„Familie! Familie!", krächzten alle anderen blauen Papageien wie aus einem Schnabel.

Bodo sagte nichts mehr. Er ließ traurig den Kopf und die langen Arme hängen.

Der blaue Papagei plusterte sich wieder auf. Dann breitete er die Flügel aus und flatterte auf einen höher gelegenen Ast. Er wackelte mit dem Kopf und kreischte in Richtung der anderen Papageien: „Wir wollen dem Affen helfen!"

„Wir wollen dem Affen helfen!", kreischten die anderen Vögel ihm nach.

„Wie können wir ihm helfen?", kreischte Zito.

„Wie können wir ihm helfen?", wiederholten die anderen Papageien im Chor.

Bodo sprang Zito rasch hinterher und setzte sich neben ihn. „Ihr könnt mir wirklich helfen!", brüllte er.

„Brüll mich nicht an", sagte Zito streng.

„Entschuldigung", sagte Bodo kleinlaut. „Ich kann nicht anders. Ich bin ein Brüllaffe." Jetzt flüsterte er beinahe. Verschwörerisch beugte er sich zu dem blauen Papagei hinüber: „Aber ihr könnt mir helfen, indem ihr Linus helft."

Zito schwang sich elegant von dem Ast herunter und breitete die Flügel aus. Vorsichtig flatterte er durch das Gewirr aus Ästen und Blättern nach unten. Er landete auf einem Busch, von wo aus er Linus direkt ins Gesicht schauen konnte.

„Hallo", sagte Linus. Er lächelte den blauen Papagei an. Der legte den Kopf schief und fragte: „Wie können wir dir helfen?"

Linus zuckte mit den Schultern. Er wusste nicht, was Bodo gemeint hatte. Ehe er antworten konnte, kam Bodo aber auch schon angesprungen. „Fliegen!", brüllte er. „Ihr könnt fliegen. Linus kann nicht fliegen! Und er kann nicht klettern. Helft ihm, zu fliegen!"

Der blaue Papagei seufzte. „Oje. Du kannst nicht fliegen und nicht klettern. Da kommst du im Dschungel in der Tat nicht weit."

„Ich kann klettern!", erwiderte Linus entrüstet. Er war selbstverständlich gut im Klettern!

Bodo sagte nichts und der blaue Papagei lachte. „Gut, dann klettere doch einmal an diesem Baum hier hinauf."

Der Baum war riesig. Der Stamm war sehr dick und überall rankten Schlingpflanzen um die Äste.

„Okay!“, sagte Linus mit fester Stimme. Er wollte es Zito und Bodo beweisen. Mit Anlauf sprang er mit einem Satz auf den ersten dicken Ast und hielt sich an einer Ranke fest.

„Sehr gut“, lobte Bodo. „Nur weiter!“

Linus suchte mit dem Fuß den nächsten dickeren Ast und hangelte sich so Stück für Stück an dem Baum nach oben.

„Er ist zu langsam“, seufzte Bodo.

Zito nickte. „Und viel weiter wird er nicht kommen. Irgendwann werden die Äste zu dünn für ihn.“

Die beiden beobachteten Linus genau. Linus spürte das. Er klammerte sich fest an den nächsten Ast und wandte den Kopf nach unten. Doch als er die Gesichter von Bodo und Zito ganz weit unter sich sah, bekam er es mit der Angst zu tun. Er war schon viel zu hoch!

„Was ist?“, rief Bodo und schwang sich auch an dem Baum nach oben. Zito flatterte ihm ebenfalls entgegen. Zito landete direkt vor Linus‘ auf einem dünnen Ast und Bodo schwang sich an einer Ranke auf den Ast, an dem Linus sich gerade festhielt.

„Geht es nicht weiter?“, fragte Bodo.

Linus konnte nichts sagen. Er klammerte sich krampfhaft an dem Ast fest. Seine Hände waren feucht. Er schwitzte und fürchtete sich plötzlich.

Bodo zeigte auf Linus und sah Zito an. „Siehst du“, sagte er. „Er kann nicht klettern.“

„Kann ich wohl!“, beharrte Linus.

Zito lachte. „Ja, natürlich kannst du klettern. Aber es wird nicht ausreichen, um Bodo flink durch den Dschungel zu folgen. Wir helfen dir.“ Dann flatterte er davon.

„Wo ist er hin?“, fragte Linus. Er konnte Zito nicht hinterhergucken, weil er sich festhalten musste.

Plötzlich ertönte wieder das laute Rauschen hinter Bodo. Wieder war es so laut, dass Linus sich die Ohren zuhalten wollte. Der Krach und das Kreischen wurden immer lauter. Da brüllte Bodo plötzlich lachend: „Lass den Ast los, Linus!“
„Was? Nein!“, schrie Linus. „Dann falle ich herunter!“

„Lass los!“, wiederholte Bodo und wickelte seinen langen Schwanz um den Ast wie ein Sicherungsseil. Dann ließ er sich nach vorne fallen und streckte Linus die haarige Hand hin. „Es wird dir nichts passieren!“

Zögernd löste Linus seine Hand vom Ast und reckte sich nach Bodo.

„Beide Hände!“, forderte Bodo.

Linus schüttelte heftig den Kopf. Er zog die Hand zurück und wollte sich noch fester an den Baum krallen. Da spürte er, wie etwas an seinem Hemd zog. Immer fester wurde er nach hinten gezerrt.

„Ich kann mich nicht mehr halten!“, schrie Linus verzweifelt. „Gut so!“, brüllte Bodo. „Lass los, Linus! Lass dich fallen!“

# VORSICHT VOR DER HARPYIE

Mit voller Wucht wurde Linus vom Baumstamm weggerissen. Dann rauschte er plötzlich wie von Geisterhand rücklinks durch das Blätterwerk. Aber er fiel nicht nach unten, sondern nach oben! Wie in einem Fahrstuhl ging es immer weiter aufwärts, bis er plötzlich für einen kurzen Augenblick über den Baumkronen schwebte. Wie ein grüner Teppich lagen die Blätter der riesigen Bäume unter ihm. Soweit das Auge reichte, war da nichts als Grün. Doch ehe Linus wusste, wie ihm geschah, ging es auch schon wieder abwärts. Diesmal langsamer. Sachte schwebte er wieder den Baumkronen entgegen. Und jetzt erkannte er erst, was passiert war: Die blauen Papageien hatten ihn mit hierher genommen. Einige umkreisten ihn jetzt. Einige andere trugen ihn vorsichtig an den Baumkronen entlang zu einem sicheren Platz ganz oben auf einem abgebrochenen Baumstamm. Sachte setzten sie Linus in einer Art Vogelnest ab. Es war leer und Linus hatte ausreichend Platz. Die blauen Papageien ließen sich rings um ihn herum nieder.

Dann sah Linus Zito heranflattern, der sich zwischen seinen Kameraden hindurch drückte und ihn zufrieden anschaute. „Willkommen auf dem Dach des Dschungels“, krächzte Zito. „Wie gefällt es dir hier oben?“

„Wahnsinn!“, sagte Linus. „Wo ist Bodo?“

„Hiiiiier!“, brüllte Bodo. Er saß etwas unterhalb des Nests in der Baumkrone und winkte. Dann lachte er. „Ist das nicht super? Ruckzuck, und schon bist du oben!“

Linus nickte. Ein bisschen mulmig war ihm aber schon. Denn der Baum war unglaublich hoch. Aber es waren so viel Blätter um ihn herum und unter ihnen – da sah es so aus, als säßen sie auf einer Wiese.

Da meldete sich Zito zu Wort: „So – tragen können wir dich also. Aber nun muss Bodo uns sagen, wohin es überhaupt gehen soll?“

Bodo überlegte kurz. Dann fragte er: „Wie weit könnt ihr von dort oben sehen?“

„Ziemlich weit“, platzte Linus heraus.

„Gut“, sagte Bodo. „Meine Familie ist vor dem Feuer davongelaufen. Könnt ihr von dort oben sehen, wo das Feuer war?“ Linus reckte den Kopf. Er konnte nichts erkennen. Nur Grün, so weit das Auge reichte.

Zito flatterte auf. „Warte kurz“, krächzte er. „Ich fliege noch ein Stück höher. Dort, wo wir hergekommen sind, müsste der Rauch noch zu sehen sein.“ Er breitete die Flügel aus und glitt einige Hundert Meter weit über die Baumwipfel. Als er zurückkam, landete er direkt neben Linus in dem alten großen Nest und nickte. „Ja, ich habe den Rauch gesehen. Wenn es dasselbe Feuer war, dann ist das die richtige Richtung."

Bodo hüpfte aufgeregt auf seinem Ast. „Hinter dem Feuer ist meine Familie! Sie sind in die andere Richtung geflüchtet. Irgendwo dort finde ich sie!"

Zito machte ein ernstes Papageiengesicht. Er wackelte zum Rand des Nestes und schaute nach unten zu Bodo. Dann sagte er: „Es ist ein sehr großes Gebiet abgebrannt. Deine Familie ist bestimmt irgendwo jenseits dieses riesigen abgebrannten Teils des Regenwalds. Das wird eine sehr lange Suche werden."

Bodo verschränkte die Arme und guckte finster. „Das ist mir egal. Ich muss sie wiederfinden."

Zito nickte. „Ich weiß. Ich frage mich nur, wie du diese große Fläche absuchen willst."

„Wie groß ist die Fläche denn?", fragte Linus.

Zito breitete einen Flügel aus und zeigte in die Ferne. „Stell dir am besten einen riesigen schwarzen Kreis vor. Dieser schwarze Kreis ist abgebrannt. Alle Tiere, die dort gewohnt haben, mussten weg. Sie sind jetzt irgendwo rings um diesen Kreis zu Hause. Und dieser riesige Kreis ist inzwischen so groß wie eine ganze Stadt."

Linus schluckte und riss die Augen auf. „Wie eine Stadt?“ Er überlegte. Er wohnte auch in einer Stadt. Aber es war eine kleine Stadt. Linus fand es manchmal schon anstrengend, von der Schule nach Hause zu laufen. Und jetzt sollten sie rund um eine große Stadt quer durch den Dschungel irren? „Du wirst noch mehr Hilfe brauchen“, wandte Zito sich wieder an Bodo. „Wir tragen Linus gerne von Baum zu Baum. Aber deine Familie lebt nicht so weit oben in den Wipfeln. Ihr werdet euch Stück für Stück auch in den unteren Stockwerken des Dschungels umschauen müssen.“

Bodo sagte nichts. Es war, als hätte er noch gar nicht darüber nachgedacht, wie groß der Dschungel und wie riesig die abgebrannte Fläche waren.

„Ich habe eine Idee!“, rief Linus plötzlich. Ihm war eingefallen, dass sie zu seinem letzten Geburtstag eine Schatzsuche gemacht hatten. Bei der Schatzsuche mussten er und seine Gäste Hinweise finden. Und nach jedem Hinweis ging es weiter zur nächsten Station. Manchmal war die nächste Station etwas weiter weg – dann hatte Mama sie im Auto mitgenommen. Das war doch irgendwie dasselbe wie hier: Die Papageien waren das Auto, und Bodos Familie war der Schatz. „Wie wäre es, wenn ihr mich einfach immer ein Stückchen weitertragt. Dann gehe ich mit Bodo hinunter in den Wald und suche eine Weile. Und wenn wir nichts finden oder einen guten Hinweis entdecken, dann tragt ihr mich wieder ein Stück. Wie bei einer Schatzsuche. Von Station zu Station.“

„Tolle Idee!“, freute sich Bodo.

„Tolle Idee!“, krächzten die anderen blauen Papageien im Chor. Zito nickte zustimmend. „Ich bin einverstanden. Finden wir deine Familie! Wir Tiere im Dschungel müssen zusammenhalten!“

Gerade als er den Schnabel zugemacht hatte, stoben plötzlich die anderen Papageien wie wild geworden auseinander. „Harpyie! Harpyie!“, kreischten sie.

Bodo riss die Augen auf und sprang mit einem Satz zum nächsten Baum. „Linus!“, brüllte er. „Nehmt Linus mit!“

Linus spürte, wie einige Papageien ihn wieder am T-Shirt packten und ihn hastig aus dem Nest heraus beförderten. Rasch flatterten sie mit Linus weiter nach unten. Zito stob voraus durch das Blätterdach und winkte die anderen hinter sich her. „Schnell, hier entlang!“

Linus hatte keine Ahnung, was los war. „Was ist denn passiert? Warum habt ihr Angst?“, schrie er – und sein Herz klopfte bis zum Hals.

„Harpyie! Harpyie!“, kreischten die Papageien wieder und ließen sich schließlich unter einem riesigen Bananenblatt nieder.

„Eine Harpyie ist ein großer böser Raubvogel“, schnarrte Zito. „Zum Glück haben die anderen sie rechtzeitig entdeckt. Wir müssen sehr vorsichtig sein. Der Dschungel ist voller Gefahren. Aber du musst dich nicht fürchten. Wir kennen uns gut aus und werden dich beschützen! Großes Papageien-Ehrenwort!"

Sie blieben noch eine Weile in ihrem Versteck. Denn die Harpyie war noch nicht weg. Immer wieder huschten eilig andere Tiere an ihnen vorbei auf der Suche nach einem sicheren Versteck. Es hatte angefangen zu regnen. Dicke Tropfen platschten vor Linus auf den Waldboden. Dicht gedrängt hockten er und Bodo zusammen mit einigen der Papageien auf einem Netz aus Ranken, das wie eine Hängematte etwa einen Meter über dem Boden schwebte.

Linus wunderte sich. Vorhin hatte noch die Sonne geschienen. Und plötzlich war alles so feucht. Sein T-Shirt und seine Hose waren so nass, als wäre er damit in ein Schwimmbecken gehüpft. „Warum regnet es jetzt so sehr? Es war doch schönes Wetter!"

Bodo lachte. „Was denkst du, warum es Regenwald heißt?", fragte er. „Hier regnet es andauernd. Aber dafür ist es immer schön warm."

Das stimmte. Linus war nicht kalt. Ganz im Gegenteil. Obwohl er klitschnass war, schwitzte er wie verrückt. Nur war ihm das vorher vor Aufregung gar nicht aufgefallen.

Nach einer Weile kamen die ersten Tiere wieder aus ihren Verstecken. Ein paar kleine Affen schwangen sich an den Freunden vorbei. Wie kleine Akrobaten im Zirkus hangelten sie sich von einer Schlingpflanze zur nächsten und huschten so zurück in die Baumkronen.

„Ich glaube, wir sind wieder sicher“, stellte Zito fest. „Die Totenkopfäffchen trauen sich raus, dann ist die Harpyie bestimmt weg.“ Linus rutschte von der Schlingpflanzenhängematte herunter und sprang auf den Waldboden. Er war weich und nass. Linus sank bis über die Zehen ein.

Bodo schaute nachdenklich auf Linus‘ nackte Füße. „Du hast keine Schuhe an“, stellte er fest.

Linus zuckte mit den Schultern. „Ja. Ich war schließlich vorher auch im Bett. Im Bett tragen Menschen keine Schuhe.“

„Stimmt ja“, sagte Bodo zögernd. „Aber du solltest Schuhe tragen. Wenn wir hier unten unterwegs sind, ist das für dich sonst zu gefährlich.“

„Warum?“, fragte Linus. Sofort schwang er sich zurück auf die Rankenhängematte. So waren seine nackten Füße nicht mehr auf dem Boden. Er wusste nicht, warum es ohne Schuhe gefährlich sein sollte. Zu Hause im Garten war er im Sommer auch immer barfuß.

„Oh, da hast du in deinem Buch über den Dschungel aber noch nicht allzu viel gelesen“, sagte Bodo. „Weißt du gar nicht, was hier unten alles unterwegs ist?“

Linus schüttelte den Kopf.

Zito lachte. „Deshalb bin ich froh, dass ich fliegen kann", krächzte er.

Bodo baute sich wichtigtuerisch vor Linus auf. „Also", sagte er. „Es ist so: Die gefährlichsten Tiere hier sind die kleinsten. Und die, die man nicht auf den ersten Blick sieht. Da wären zum Beispiel diese speziellen Ameisen."

Da fiel es Linus wieder ein. Das hatte er gelesen. Die Ameisen hießen Gewehrkugelameisen. Das hatte er sich gemerkt, weil er den Namen so lustig fand. „Meinst du die Ameisen, die einen stechen und es tut ganz schlimm weh?", fragte er. Bodo nickte. „Genau. Und dann wären da noch die Schlangen und Skorpione und die giftigen Kröten und Spinnen und so weiter. Die sind super getarnt. Die siehst du erst, wenn dein Fuß schon danebensteht. Wie beim Faultier. Deshalb brauchst du Schuhe!"

Linus sah sich um. Wo sollten sie jetzt mitten im Dschungel Schuhe herbekommen? Während er so dasaß und seine Füße anstarrte, kam ihm plötzlich eine Idee.

# LINUS HAT HUNGER

Keine halbe Stunde später zeigte Linus stolz seine Füße herum. Er hatte große Blätter darum herumgewickelt. Mit zwei dünnen Kletterpflanzen hatte er die Blätter festgeschnürt. Er war stolz auf sich.

Zito nickte zufrieden. „Sehr gut. Dann werde ich mit den anderen jetzt etwas zu fressen suchen. Wann sollen wir euch wieder hier abholen?“

Bodo überlegte kurz, dann sagte er: Vor der Dunkelheit. Nachts ist es auf dem Waldboden zu gefährlich für Linus.“

„Einverstanden“, nickte Zito. „Bei Sonnenuntergang treffen wir uns hier. Viel Erfolg bei der Suche. Bis dahin!“ Und dann flatterte er davon.

Linus knurrte der Magen. Zito suchte etwas zu essen. Er könnte jetzt auch etwas vertragen. Ein Nutellabrot zum Beispiel. Oder eine Bratwurst mit Pommes und Ketchup. „Ich habe Hunger“, sagte er zu Bodo, der gerade kauend neben ihm saß. „Was isst du da?“

„Oje, wie unhöflich von mir“, sagte Bodo und hielt Linus schnell etwas Grünes entgegen. Es sah aus wie Salat.

„Was ist das?“, fragte Linus.

„Probiere mal! Das ist lecker. Essen wir Brüllaffen gerne. Es gibt großartige Blätter hier im Dschungel."

Linus verzog das Gesicht. „Ich mag keinen Salat", maulte er. „Gibt es hier nicht auch andere Sachen?"

Bodo hielt inne und überlegte. „Nein", sagte er dann. „Ich weiß zumindest nicht, was man außer Blättern und Früchten noch essen kann. Ich esse kein Fleisch, wie andere Tiere. Ich esse nur Pflanzen. Ein paar Beeren könnten wir uns suchen." Damit war Linus einverstanden. Beeren waren lecker. Aber sie machten wahrscheinlich nicht satt.

„Komm mit", sagte Bodo. „Wir gehen in diese Richtung. Knicke ein paar kleine Äste an den Bäumen um, damit wir den Weg zu unserem Treffpunkt wiederfinden."

Linus hatte nicht gewusst, wie dicht der Regenwald war. Er konnte kaum zehn Meter weit sehen. Weil so viele Pflanzen die Sicht versperrten. Immer wieder stolperte er über Wurzeln oder umgeknickte große Pflanzen. „Langsamer!", bat er Bodo, der behänd über alle Hindernisse hinweg sprang. Linus stolperte schon wieder. In letzter Sekunde kriegte er einen dünnen Baumstamm zu fassen – andernfalls wäre er bäuchlings in den Matsch gefallen.

„Pass doch auf!", quietsche plötzlich eine feine grelle Stimme. „Du tust mir weh!"

Erschrocken ließ Linus den Stamm los und taumelte einen Schritt zurück.

„Guck nicht so", quietschte die Stimme. „Du hast mich fast zerdrückt!"

Linus starrte den Baumstamm an, an dem er sich eben festgehalten hatte. Zuerst sah er nichts. Bis sich auf einmal ein kleiner Ast in Höhe seines Kopfes ganz von allein zu bewegen schien.

„Wie wäre es mit einer Entschuldigung!", piepste die Stimme empört.

Das kleine Ästchen löste sich plötzlich vom Stamm und drehte sich zur anderen Seite.

Da kam Bodo angesprungen. „Was ist?"

„Der Ast redet mit mir", sagte Linus und zeigte auf den Stamm.

Bodo kniff die Augen zusammen, dann lachte er. „Du bist drauf reingefallen! Eine Stabheuschrecke. Die sieht aus wie ein kleiner Ast."

„Er hat mich fast zerdrückt", beschwerte sich die Heuschrecke noch einmal. Jetzt erkannte Linus, dass der Ast tatsächlich ein Tier war. Der Körper war sehr dünn und braun und fast kerzengerade. Die Heuschrecke sah auf den ersten Blick aus, als wäre sie direkt aus dem Baum herausgewachsen. Linus staunte so sehr, dass er kein Wort herausbrachte.

Bodo lächelte die Heuschrecke an. „Ich entschuldige mich für meinen Freund. Er ist das erste Mal im Dschungel. Entschuldigen Sie bitte, dass er grob zu Ihnen war."

Die Heuschrecke änderte wieder die Position. Jetzt sah es aus, als sei sie ein Teil der Rinde.

„In Ordnung", quietschte sie. „Ich will ja nicht so sein."

Bodo ging noch näher an die Heuschrecke heran. „Frau Heuschrecke, entschuldigen Sie bitte ..."

„Was denn?", fiepte die Heuschrecke genervt.

„Mein Freund hier hat großen Hunger. Sie wissen doch als Stabheuschrecke sicher, wo es noch Beeren hier in der Nähe gibt?"

„Natürlich weiß ich das. Aber warum sollte ich das verraten? Ich lebe selbst von Beeren. Soll dieser riesige Mensch mir mein Futter wegnehmen? Nein, soll er nicht!"

Bodo klimperte jetzt mit seinen langen Affenwimpern. „Sicher, meine Teure. Aber wissen Sie: Sie könnten auch Efeu oder andere Blätter verspeisen. Mein Freund kann das leider nicht. Ich war immer der Meinung, dass Heuschrecken überaus freundliche Insekten sind. Da habe ich mich wohl geirrt. Sehr schade!"

Die Stabheuschrecke seufzte – so, wie die Mathelehrerin von Linus immer seufzte, wenn er wieder einmal die Hausaufgaben vergessen hatte. Sie drehte ihren langen dünnen Körper erneut und schaute Linus jetzt direkt an. „Was macht so ein Mensch überhaupt hier?", fragte sie.

„Ich helfe meinem Freund!", platzte Linus heraus. „Er sucht seine Familie. Er ist ganz allein."

Die Stabheuschrecke sah Bodo prüfend an. „Ein Brüllaffe, der ganz allein ist?"

Bodo nickte traurig.

Jetzt schüttelte die Heuschrecke ihren winzig kleinen Kopf. „Wie soll dir denn einer helfen, der im Dschungel nicht einmal selbst etwas zum Essen findet?"

Jetzt wurde Bodo wütend. „Weil er ein Mensch ist! Und weil er mit anderen Menschen reden kann, wenn wir welche treffen!", brüllte er.

Die Stabheuschrecke sah jetzt aus, als würde sie lächeln. Dann wandte sie sich an Linus: „Du hast hoffentlich gelernt, dass man nicht immer gleich losbrüllen sollte. Nun gut. Geht einfach weiter bis zu dem Farn mit den großen Blättern. Dort direkt um die Ecke steht eine Kohlpalme mit Beeren. Rechtsherum. Aber passt auf. Ich habe vorhin einen Jaguar gesehen. Vielleicht ist er noch in der Nähe."

Bodo guckte finster, aber er sagte nichts. Linus beugte sich nach vorne, bis sein Gesicht ganz nah vor der Stabheuschrecke war. Sie war wunderschön. Graubraun gemustert, zarte Fühler, dünne Beine und irgendwie anmutig. Er lächelte sie an und flüsterte: „Danke, Frau Heuschrecke. Ich verspreche, Ihnen nicht alles wegzuessen."

Die Stabheuschrecke antwortete nicht mehr. Sie hatte sich wieder getarnt, sah aus wie ein regloser Ast und verschmolz mit dem Baumstamm.

Bodo war besorgt. Er fürchtete sich vor dem Jaguar. „Es wäre besser, wenn ich dich für das kurze Stück bis zu dem Beerenstrauch über die Bäume trage", sagte er. Linus war einverstanden. Einem Jaguar wollte er nicht zu nahe kommen – schon gar nicht, wenn der auch so großen Hunger hatte, wie er. Linus überlegte, was er über Jaguare wusste. Er hatte gelesen, dass ein Jaguar sehr schnell rennen konnte. Und dass er überall schwarze oder braune Kringel auf dem Fell hatte. Außerdem war ein Jaguar eine Raubkatze. Das bedeutete: Ein Jaguar fraß bestimmt auch gerne Brüllaffen.

„Wo soll ich mich an dir festhalten?", fragte Linus.

Bodo überlegte kurz. Dann schaute er nach oben. Er guckte die Bäume sehr genau an. Einen nach dem anderen. Dann sagte er: „Du musst dich überhaupt nicht an mir festhalten. Ich habe eine bessere Idee. Komm mit!“

# DAS WINZIG KLEINE KROKODIL

Bodo zeigte Linus einen Baum, an dem Linus ganz einfach zwei Meter nach oben klettern konnte. Dann griff er eine dicke Schlingpflanze und hielt sie Linus entgegen. „Halt dich fest. Und dann spring mit Schwung! So wie ich – Achtung!“ Ohne zu Zögern griff Bodo nach einer zweiten Schlingpflanze und schwang sich zum nächsten Baum.

Linus schluckte. Unsicher schaute er die Ranke der Schlingpflanze an. Sie war sehr dick und hing lose herunter. Sie sah stabil aus. Wie das Seil im Sportunterricht in der Turnhalle. Bodo winkte ihm zu und hüpfte auf dem breiten Ast auf und ab. „Los, trau dich! Du kannst das!“

„Und wenn nicht?“, rief Linus?

Bodo schüttelte sich. „Das schaffst du!“

Linus biss sich auf die Unterlippe. Er schaute kurz nach unten. Er dachte an den Jaguar und an die Beeren. Er holte tief Luft, kniff die Augen fest zusammen und nahm Schwung!

„Aaaaaaah!“ Mit einem Schrei wie von Tarzan flog Linus von seinem Baum aus zu Bodo hinüber. Bodo griff die Ranke und hielt sie fest. So konnte Linus sicher auf den dicken Ast klettern.

„Wow!“, keuchte Linus. „Wahnsinn!“

Bodo nickte. „Toll gemacht, Linus! Du wärst ein guter Affe geworden!“

Mit der Zeit funktionierte das Schwingen an den Lianen immer besser. Leider gab es nicht an allen Bäumen die passenden Ranken. Deshalb mussten Linus und Bodo zweimal zurück auf den Waldboden, um zu einem anderen Baum zu Fuß zu gehen. Sie beeilten sich, um nicht auf den Jaguar zu treffen. Dann sahen sie endlich die Palme unter sich. Die Zweige bogen sich unter Früchten. So eine Palme hatte Linus noch nie gesehen. Er hatte gedacht, dass an Palmen nur Kokosnüsse wachsen würden. Aber an dieser Palme hingen Beeren, die ein bisschen aussahen wie die Heidelbeeren, die Mama immer für Muffins verwendete. Neben der Palme blühten seltsame Pflanzen. Um die Blüten herum flogen einige Schmetterlinge. Sie waren riesig groß. Und bunt: blau, orange und feuerrot. Darüber hätte Linus seinen Hunger fast vergessen. Aber Bodo hatte es eilig.

„Wir müssen am Abend zurück beim Treffpunkt sein. Zito holt uns ab. Du weißt ja, damit du während der Nacht in den Baumkronen sicher bist.“

Linus kletterte hinunter zu den Beeren, um sich satt zu essen. Bodo blieb höher oben in den Bäumen, um Wache zu halten. Plötzlich brüllte er: „Linus!“

Linus erschrak furchtbar. Kam etwa der Jaguar?

„Linus, da ist ein Fluss!“, brüllte Bodo. Er schien sich zu freuen. Linus stopfte sich noch zwei Hände voll Beeren in den Mund. Sie waren lecker.

„Bist du satt?“, fragte Bodo.

„Ja. Das war lecker!“ Linus ging zurück zum Baum und kletterte hinauf zu Bodo. „Wo ist der Fluss?“

Bodo zeigte an der Kohlpalme vorbei. Linus konnte aber nicht erkennen, was Bodo meinte. Er sah nur Blätter. Überall. Alles war grün. Alles raschelte. Überall fiepte etwas. Und nass war es hier sowieso überall.

„Wir könnten ab morgen jenseits des Flusses weitergehen“, schlug Bodo vor. „Das ist sicherer, wegen des Feuers.“

„Ich möchte jetzt gleich einmal an den Fluss“, sagte Linus. „Dort ist es bestimmt schön.“

Bodo guckte entsetzt. „Direkt an den Fluss? Das würde ich nicht machen. Da gibt es Krokodile.“

„Na und?“, sagte Linus. „Wir können den Fluss doch wenigstens vom Baum aus anschauen.“

Damit war Bodo einverstanden. Sie kletterten noch ein Stück höher und griffen sich jeder eine dicke Ranke. So schwangen sie sich das letzte Stück in Richtung des Flusses. Linus wurde immer sicherer. Es machte jetzt sogar Spaß. Es kitzelte im Bauch, und Angst hatte Linus jetzt überhaupt nicht mehr. Es dauerte keine fünf Minuten, bis sie einen Baum direkt neben dem Fluss erreicht hatten. Das Wasser glitzerte in der Sonne. Hier konnte das Licht ungehindert den Boden erreichen. Normalerweise war für die Sonnenstrahlen kaum ein Durchkommen wegen des dichten Waldes.

„Ist das schön hier!", freute sich Linus. „Schau Bodo, da unten sind ganz rote Blumen!"

Bodo nickte. „Ja, das sind Federblumen. Schön, nicht wahr?" Linus nickte. „Und da, schau, was schwimmt denn da?" Er zeigte auf das Wasser, wo sich an der Oberfläche etwas bewegte.

Bodo kniff die Augen zusammen. „Oh!", sagte er. „Das sieht nach einem Krokodil aus."

Ein Krokodil? Linus wunderte sich. Das war doch viel zu klein für ein echtes Krokodil! „Ist das ein Baby-Krokodil?"

Bodo nickte. „Ja. Es scheint ein Junges zu sein." Sie beobachteten das kleine Geschöpf, das sich in Richtung des Ufers bewegte. Dann kroch es an Land und hielt inne.

„Tatsächlich! Ein Baby-Krokodil! Wie niedlich!“, rief Linus.

Ehe Bodo etwas erwidern konnte, ertönte plötzlich ein merkwürdiges Geräusch. Es klang ein bisschen wie die kleine Hupe an Linus‘ Fahrrad. Das anfangs noch leise Tröten wurde immer lauter.

„Macht das kleine Krokodil dieses Geräusch?“, fragte Linus. Er war fasziniert von dem winzigen Tier. Bisher hatte er immer nur Bilder von riesigen gefährlichen Krokodilen gesehen. Es trötete wieder. Und dann schnarrte die trötende Stimme: „Ich komme nie wieder zurück!“ Das winzige Krokodil setzte sich jetzt in Bewegung. Linus kam es so vor, als würde es eines seiner Beine hinterherziehen. „Bodo, schau! Ist das Krokodil verletzt?“

Bodo nickte. „Wahrscheinlich. Es kann nicht richtig kriechen.“

„Das arme Krokodil!“, entfuhr es Linus. „Sollen wir ihm helfen?“

Bodo riss wieder die Augen auf und zuckte zusammen. „Bist du verrückt geworden? Ein Babykrokodil anfassen? Und wenn die Mutter von dem Krokodil kommt? Die frisst uns auf mit Haut und Haaren!“

Das winzig kleine Krokodil robbte immer weiter vom Ufer weg in Richtung des Waldes. Dabei trötete es: „Ich will dich nie wieder sehen!“

Erst jetzt entdeckten Linus und Bodo, dass zwei Augen aus dem Wasser hervorlugten. Die Augen waren riesig. Etwas weiter vorne lugten die Nasenlöcher des großen Tiers hervor – es war ein riesengroßes Krokodil. Jetzt riss es sein Maul weit auf. „Komm zurück! Es tut mir leid!", brummte seine tiefe Stimme aus dem Wasser. Aber das winzig kleine Krokodil hörte gar nicht hin. Zielstrebig wackelte es weiter in Richtung der Bäume. Dann trötete es trotzig: „Das ist ja eine schöne Familie, in der mich der eigene Onkel fressen will!"

Das große Krokodil folgte dem kleinen einige Schritte aus dem Wasser heraus. Doch dann sprang plötzlich etwas aus dem Fluss. Ohne zu erkennen, was es war, drehte das große Krokodil blitzschnell ab. Laut platschte es aufs Wasser und schnappte nach dem, was da eben noch geschwommen war. Linus hielt sich die Augen zu.

Bodo lachte. „Linus, warum hältst du dir die Augen zu? Das Krokodil jagt doch nur. Sei froh. Dann ist es satt und will uns bestimmt nicht mehr zum Abendbrot verputzen."

Linus lugte zwischen seinen Finger hervor. Das riesige Krokodil war weg. Auch das kleine war nirgends mehr zu sehen. Aber zu hören: Es schimpfte weiter empört vor sich hin.

„Ich will das kleine Krokodil fragen, was da passiert ist", sagte Linus.

Bodo wollte ihn aufhalten – aber Linus wartete keine Sekunde lang. Ohne zu zögern, kletterte er den Baum hinunter. Er verschwendete keinen Gedanken daran, ob es gefährlich sein könnte und sprang vom untersten Ast auf den Waldboden, um das winzig kleine Krokodil wiederzufinden.

# PLÖTZLICH ZU DRITT

„Unmöglich ist das. Ich werde schon allein klarkommen. Ich ziehe aus! So ist das nämlich." Schimpfend und zeternd schleppte sich das winzig kleine Krokodil durch das Dickicht. Linus hatte es schnell eingeholt. Denn mit den kurzen Beinen, von denen eines verletzt war, war das Krokodil nicht besonders schnell.

„He", rief Linus. „Du da! Warte!" Er ging vorsichtig um das Krokodil herum und stellte sich ihm in den Weg. „Bist du verletzt?"

Das winzig kleine Krokodil trötete wütend. „Das siehst du doch! Sei froh, dass du kein Krokodil bist. Oder hat dir dein eigener Onkel vielleicht schon einmal ins Bein gebissen?"

Eigentlich war das nicht lustig. Linus musste bei der Vorstellung trotzdem lachen. „Nein, natürlich hat mir mein Onkel noch nie ins Bein gebissen. Wer macht denn so was?"

Das kleine Krokodil reckte den schmalen Kopf nach oben. „Krokodile machen so etwas. Ich will kein Krokodil mehr sein. Wenn man da die eigene Familie frisst. Das ist doch schrecklich!" Das fand Linus auch. Aber wie half man einem Krokodil, das kein Krokodil mehr sein wollte?

Jetzt hatte Bodo die beiden eingeholt. Er blieb auf einem Ast sitzen und winkte Linus aufgebracht zu sich. „Linus, lass das! Wir sollten uns nicht einmischen. Das sind Familienangelegenheiten. Krokodile sind eben so. Die schnappen nach allem, was sich bewegt. Das ist ihre Natur. Komm wieder hoch. Hast du den Jaguar schon vergessen? Hier oben ist es viel sicherer!"

Linus dachte nicht daran. Es musste doch eine Möglichkeit geben, dem kleinen Krokodil zu helfen. Und wenn der Jaguar kam, dann schnappte er auch das kleine Krokodil.

„Kannst du klettern?", fragte Linus das Krokodil.

Es schaute fragend. „Was soll ich können?"

„Klettern", wiederholte Linus. „Auf Bäume?"

Das Krokodil schaute, als wisse es nicht, was Linus damit meinte.

Bodo schlug seufzend die Hände vors Gesicht. „Linus, hast du jemals gehört, dass ein Krokodil auf einen Baum geklettert wäre? Krokodile gehören ins Wasser oder auf den Boden, aber nicht auf Bäume!"

„Könnt ihr mir helfen?", fragte das kleine Krokodil.

Linus überlegte. „Ich weiß nicht", sagte er langsam. „Wir suchen Bodos Familie und müssen weiter. Du willst weg von deiner Familie. Vielleicht kommst du einfach mit uns mit?“

Jetzt sprang Bodo doch zu den beiden auf den Waldboden. Er baute sich vor Linus auf und brüllte: „Bist du wahnsinnig? Wie sollen wir denn ein Krokodil mitnehmen? Ich trage bestimmt kein Wasserraubtier durch die Bäume. Und die blauen Papageien werden sich bedanken, wenn sie plötzlich auch ein Krokodil durch die Gegend fliegen sollen.“

Das kleine Krokodil beachtete Bodo nicht. Begeistert sah es Linus an, der vor ihm in die Hocke gegangen war. „Au ja, nehmt mich mit! Ich verspreche, ganz brav zu sein!“

„Nein, auf keinen Fall!“, beharrte Bodo. „Linus, komm bitte. Wir können auf keinen Fall ein Krokodil gebrauchen!“

Linus stand wieder auf und sah Bodo fest in die Augen. „Du willst doch meine Hilfe. Also bestimme ich jetzt, dass ich auch dem kleinen Krokodil helfen will. Wenn ich weiter mit dir mitkommen soll, dann kommt das Krokodil auch mit. Basta!“

Das winzig kleine Krokodil fiepte begeistert. Bodo ließ die langen Arme hängen und schüttelte den Kopf. Dann nickte er. „In Ordnung. Aber wir müssen jetzt dringend zurück zu unserem Treffpunkt. Sonst nimmt uns Zito nicht mehr mit.“ Linus wandte sich wieder an das Krokodil: „Ich werde dich jetzt aufheben. Darf ich das?“

Das Krokodil nickte bereitwillig. Linus fasste es behutsam unter dem Bauch und legte es sich über die Schulter.

„Ein toller Ausblick!“, schwärmte das kleine Krokodil. „Jetzt kann ich mein Bein endlich schonen. Es tut schon gar nicht mehr weh.“

„Fein“, sagte Linus zufrieden. „Ich heiße übrigens Linus.“

„Angenehm“, trötete das Krokodil. Ich bin Max.“

„Ein schöner Name“, sagte Linus. „Aber warum heißt ein Krokodil Max?“

„Wir heißen alle so“, sagte das winzig kleine Krokodil. „Der Name bedeutet der Größte. Ich bleibe nämlich nicht für immer so klein, weißt du?“

„Ah“, sagte Linus. „Halt dich gut fest. Ich klettere jetzt wieder auf den Baum. Dann schwingen wir uns zu einem bestimmten Platz. Wir treffen nämlich noch Freunde heute Abend.“

„Ich bin schon ganz aufgeregt“ schwärmte das winzig kleine Krokodil.

„Dann mal los“, mahnte Bodo zur Eile. „Es wird bald sehr schnell dunkel.“

Bodo hatte recht. Kaum hatten sie einige Bäume mit den Lianen passiert, wurde es finster. Und zwar sehr schnell. Fast so, als hätte jemand das Licht ausgeknipst.

„Ich sehe fast nichts mehr!“, rief Linus. Die Dunkelheit war ihm nicht geheuer. Zu Hause dauerte es immer viel länger, bis die Sonne ganz weg war.

Bodo kletterte rasch zu Linus auf den Ast und legte ihm die Hand auf die Schulter. „Hab‘ keine Angst. Es ist nicht mehr weit. Noch ein Baum, dann haben wir es geschafft.“ Bodo griff zwei Lianen. Eben wollte er Linus eine davon reichen, da hörten sie plötzlich Zito aus der Dunkelheit kreischen: „Linus! Bodo! Wo seid ihr?“ Und sofort kreischten die anderen Papageien hinterher: „Wo seid ihr? Wo seid ihr?“

„Hier!“, brüllte Bodo. Dann nahm er Linus die Liane aus der Hand. „Bleibt hier. Ich klettere schnell voran und hole die Papageien. Sie sollen euch hier einsammeln.“ Flink schwang Bodo sich nach oben und verschwand in der Dunkelheit.

Linus war froh, dass wenigstens das winzig kleine Krokodil noch bei ihm war. „Max, kannst du noch etwas sehen?“, fragte er.

„Natürlich“, quäkte Max. „Meine Augen sind so gut wie die von einer Katze. Die sehen auch gut im Dunkeln.“

Linus seufzte. „Hast du ein Glück. Ich sehe fast nichts im Dunkeln. Nur mit Taschenlampe."

„Wie unpraktisch", stellte Max fest. „Dann verstehe ich, dass du hier im Dschungel nachts nicht unten am Boden bleiben solltest."

Auf einmal raschelte es über ihnen im Baum. Linus zuckte zusammen, aber da stand auch schon Bodo vor ihm. „Macht euch bereit", sagte er. Dann winkte er die Papageien herunter. „Halt dich fest", sagte Linus schnell zu Max. Und schon spürte Linus, wie die Papageien ihn wieder an seinem Oberteil packten und rasch nach oben in die Baumwipfel bugsierten. „Ich fliege!", trötete Max fröhlich. „Ein fliegendes Krokodil! Wer hat das je gesehen?"

Linus konnte nichts sagen. Ihm waren bei der rasanten Aufwärtsbewegung durch die Baumkronen zwei große nasse Blätter ins Gesicht geklatscht. Er war froh, als die Vögel ihn und Max endlich absetzten. Zwar konnte er nicht genau erkennen, wo sie jetzt hockten, aber Bodo versicherte: „Hier sind wir über Nacht in Sicherheit."

Linus war furchtbar müde. Er legte sich auf den Rücken. Max krabbelte aufgeregt von seiner Schulter und suchte sich einen bequemen Platz. Die Papageien hatten sich ringsherum auf den nahen Ästen verteilt. Gemeinsam schauten sie in den Nachthimmel. Er war wunderschön. „So viele Sterne!", sagte Linus. „Sie sind so hell. Das ist wunderschön!"

„Das stimmt", bestätigte Max entzückt.

Linus versuchte, die hellsten Sterne zu zählen. Aber weit kam er nicht. Denn obwohl er nicht vorhatte zu schlafen, fielen ihm nach 17 Sternen die Augen zu.

# DER SCHÖNSTE BART DER WELT

Linus und die anderen wurden von lautem Geschrei geweckt: „Schlange! Schlange!“ Rund um ihren Lagerplatz in den Baumkronen tummelten sich mehrere kleine Affen, die aufgeregt vom Ast zu Ast sprangen.

„Schlange! Schlange!“, kreischten die Papageien.

„Was ist denn los?“, frage Linus. „Wo ist eine Schlange?“ Verschlafen setzte er sich auf und sah sich um. Es war wieder hell. Jetzt sah Linus, dass sie sehr weit oben auf einem Baum geschlafen hatten. Zito und Bodo hatten eine gute Stelle ausgewählt. Es war wieder ein altes verlassenes Nest, aus dem niemand so schnell herausfallen konnte.

„Schlange!“, kreischte wieder eine Stimme direkt hinter Linus. Blitzartig drehte er sich um und schaute in ein fremdes Affengesicht. Der Affe war viel kleiner als Bodo. Aber er hatte vor allem eines: Den schönsten Bart der Welt!

„Schlange!“, kreischte der Affe Linus wieder ins Gesicht.

Bodo schaute den kleinen bärtigen Affen finster an. „Ja doch – wir haben es gehört. Wo ist sie denn?“

„Da hinten! Da!“ Der kleine bärtige Affe zeigte aufgeregt hinter sich, wo seine Artgenossen immer noch wie verrückt kreischend durch die Blätter sprangen.

„Ist das gefährlich?“, wollte Linus wissen.

Bodo rollte genervt mit den Augen und schüttelte den Kopf. „Für die Kaiserschnurrbarttamarine ja. Für uns nicht. Die sind immer so wahnsinnig aufgeregt. Das ist anstrengend am frühen Morgen.“

Linus konnte sich diesen langen Affennamen nicht merken. „Wie heißen die? Das klang irgendwie lustig.“

„Kaiserschnurrbarttamarine“, wiederholte Bodo. „Schnurrbart – siehst du doch. Die haben alle so einen Pinsel im Gesicht.“

„Ich finde den Bart schön“, sagte Linus fasziniert.

Auch Max war von dem Affengeschrei wach geworden. Er kümmerte sich aber nicht um die Aufregung. Er war vollkommen damit beschäftigt, sich über sein außergewöhnliches Krokodilabenteuer zu freuen. „Seht mal, wie hoch wir sind!“, schwärmte Max. „Wahnsinn! Und wie weit man von hier oben sehen kann!“

„Ja, ja“, sagte Bodo. Ihm war es immer noch nicht recht, dass Linus das kleine Krokodil mitgenommen hatte. Jetzt winkte er Zito zu sich, um den weiteren Plan zu besprechen.

„Wir möchten jenseits des Flusses weitersuchen und uns bei den Wasserschweinen durchfragen“, sagte er. „Könnt ihr uns dort irgendwo absetzen?“

„Wasserschweine? Cool!“ Linus hatte noch nie ein echtes Wasserschwein gesehen. „Sehen die aus wie normale Schweine? Können die schwimmen?“

Zito lachte. Der aufgeregte Kaiserschnurrbarttamarin schüttelte heftig den kleinen Kopf und baute sich vor Linus auf: „Wasserschwein ist kein Schwein“, erklärte er. Mit seinem Schnurrbart wirkte er dabei wie ein echter Lehrer. Linus fiel direkt Herr Friedrich ein, sein Mathelehrer.

Der Kaiserschnurrbarttamarin streckte besserwisserisch den Finger in die Luft: „Wasserschweine gehören zu den Meerschweinchen!“

„Schwimmende Meerschweinchen?“ Linus konnte sich das nicht vorstellen. Seine Freundin Sofie hatte auch Meerschweinchen. Aber die mochten nicht schwimmen.

„Riesenmeerschweinchen“, ergänzte Bodo. „Wasserschweine sind richtig riesige Meerschweinchen, die am Wasser wohnen.“

Max krabbelte in die Mitte des Nests. „Also wenn jemand hier über Wassertiere Bescheid weiß, dann ja wohl ich“, sagte er. „Ich kenne die Wasserschweine. Das sind geschwätzige Viecher. Sie quatschen den ganzen Tag."

„Deshalb will ich sie ja auch besuchen", sagte Bodo. „Vielleicht wissen sie ja Rat, wo ich noch nach meiner Familie suchen kann."

Max seufzte. „Besonders schlau sind die Wasserschweine aber nicht."

Der Kaiserschnurrbarttamarin nickte zustimmend. Seine Artgenossen hatten sich inzwischen beruhigt, die Schlange hatte sich offenbar einen anderen Ast gesucht. „Frag lieber jemand anderen. Uns zum Beispiel", bot der schnurrbärtige kleine Affe an. „Wen suchst du noch mal?"

Bodo erzählte von seiner Familie und wie er sie verloren hatte. Er erzählte, dass Linus ihm helfen sollte, falls sie auf Menschen treffen würden. Denn Bodo wusste nicht, ob seine Familie inzwischen vielleicht auch von Menschen mitgenommen worden war oder ob sie sich nur im Regenwald ein neues Revier gesucht hatten. Bodo erzählte auch von den Aras, die Linus halfen, nachts in sichere Höhen zu gelangen. Und davon, dass Linus inzwischen schon ein guter Lianenspringer geworden war.

Der Kaiserschnurrbarttamarin hörte aufmerksam zu und bot an, seine Familie um Hilfe zu bitten. „Wir sind schnell. Wir können bei den anderen Affen nachfragen. So eine Art stille Post quer durch den Regenwald anfangen, verstehst du?"

„Das ist eine tolle Idee!", freute sich Linus. „Stille Post ist super. So erreichen wir viele Tiere im Dschungel." Er wandte sich an Bodo. „Was hältst du davon?"

Bodo nickte heftig. „Die Idee ist wirklich gut", gab er zu. Es schien ihm aber nicht zu gefallen, dass er nicht selbst darauf gekommen war.

Der kleine Kaiserschnurrbarttamarin lächelte unter seinem Bart hervor. „Prima! Wir werden gleich loslegen. Bestimmt finden wir deine Familie. Wie heißt du noch gleich?", fragte er Bodo.

„Bodo", sagte Bodo.

„Hallo Bodo, ich bin Bartos."

Linus kicherte. „Bartos – das passt gut zu deinem Schnurrbart. Das kann ich mir gut merken!"

Bartos richtete sich auf und fasste stolz an seinen Schnurrbart. „Der schönste Bart der Welt eben!"

Jetzt meldete sich Zito zu Wort. Er hatte sich auf den Rand des Nestes gesetzt und trippelte nervös hin und her. „Meine

Papageien haben Hunger. Wir müssen etwas zu fressen suchen. Wie ist euer Plan?“

Als niemand etwas sagte, meldete sich Bartos wieder zu Wort. „Wie wäre folgende Idee: Die Papageien und ich und meine Affen schwärmen aus, um möglichst vielen Tieren in den Bäumen von Bodo und seiner Familie zu erzählen. Und Bodo und ... wie heißt du noch gleich?“
„Linus“, sagte Linus.

„Okay. Also: Bodo und Linus gehen mit diesem winzigen Krokodil zum Fluss hinunter.“

Das winzige Krokodil reckte empört den Hals und schnappte. „Mein Name ist Max! Das steht für der Größte!“

Jetzt mussten alle lachen. Als sie sich beruhigt hatten fuhr Bartos fort: „Na gut, Max. Entschuldigung. Ich wollte dich nicht auslachen. Also noch einmal: Linus und Bodo und du, ihr geht zum Fluss und übernehmt die Tiere, die dort unterwegs sind. Einverstanden?“

Bodo war skeptisch. Er fühlte sich in den Bäumen wohler als am Boden oder direkt am Fluss. Schließlich gab es immer noch den Jaguar und andere gefährliche Tiere, die unten auf Beute lauerten. Außerdem waren ihm die krabbelnden Insekten nicht geheuer, von denen es unzählige Arten am Waldboden gab. Aber seine Einwände zählten für Max und

Linus nicht. Max hielt sich immer noch für den Größten und für unverwundbar. Und Linus war einfach zu neugierig. Wann hatte er je wieder die Chance, all die spannenden Tiere aus dem Urwald einmal in Wirklichkeit zu sehen?

Bodo gab sich geschlagen. „Also gut. Ich bin einverstanden. Aber nur, wenn ihr vorsichtig seid und auf mich hört! Wir wollen uns nicht unnötig in Gefahr bringen!“

Sie vereinbarten einen Treffpunkt in einigen Kilometern Entfernung nahe dem Fluss für den Abend. Zito war bereit, Bodo, Linus und Max mit seinen Papageien vor der Futtersuche noch hinunter zum Fluss zu bringen.

Bartos verabschiedete sich von allen mit einer höflichen Verbeugung. Nur Bodo streckte er seine kleine Affenhand entgegen: „Wir helfen dir gerne, großer Brüllaffe Bodo. Lass uns Freunde sein.“

Bodo war verlegen. Bisher hatte er die Kaiserschnurrbarttamarine für kleine eingebildete Besserwisser gehalten. Aber so direkt hatte er noch nie zuvor mit einem gesprochen. Bartos war zwar ein Besserwisser. Aber er war sehr freundlich und hilfsbereit. Bodo schämte sich ein bisschen, dass er vorher so ablehnend gegenüber dem kleinen Affen gewesen war. Er nahm die Hand und schüttelte sie. „Ja, lass und Freunde sein“, sagte er. Bartos nickte zufrieden. Dann sprang er behänd auf den nächsten Ast und kreischte: „Schnurrbarttruppe: Antreten! Wir haben eine

Mission!" Sofort begann heftiges Gewusel in der Baumkrone. Seine gesamte Affentruppe kam angesprungen. Bartos verkündete den Auftrag, und schon waren die kleinen Kaiserschnurrbarttamarine in den umliegenden Baumwipfeln verschwunden. Bodo war gerührt. „Ich weiß gar nicht, was ich sagen soll", seufzte er. „Ich hätte nie gedacht, dass so viele Tiere so freundlich sein können."

Linus streichelte Bodo über den Rücken. „Ich liebe den Dschungel!", stellte er fest. Dann kamen Zito und seine Papageien, und es ging wieder abwärts in Richtung des nächsten noch unbekannten Abenteuers.

# SCHWEIN GEHABT

Die Papageien setzten Linus, Bodo und Max an einer kleinen Lichtung nahe dem Flussufer ab. Bodo verkündete, dass es sehr wichtige Dinge zu beachten gab. Zum Beispiel, dass andere Tiere einen gefährlichen Jaguar schon früher sehen konnten. Deshalb sollten Max und Linus sehr auf andere Tiere achten. Sobald ein Tier auf der Flucht sei, sollten Max und Linus schnell auch das Weite suchen. Außerdem hielt Bodo einen Vortrag über giftige Ameisen, Spinnen und Schlangen. Erst als Linus hoch und heilig versprochen hatte, dass er ganz besonders vorsichtig sein würde, gingen sie zum Flussufer.

„Eigentlich warst doch du derjenige, der zu den Wasserschweinen wollte“, sagte Linus zu Bodo.

Bodo nickte. „Ich weiß. Aber mir ist erst später eingefallen, dass wir dazu auch auf dem Waldboden herumlaufen müssen.“

An dieser Stelle des Flusses rauschte das Wasser besonders laut. Schnell sprudelte es bergab zwischen großen Steinen hindurch. Am gegenüberliegenden Ufer ragten umgefallene Bäume über das Wasser. In ihren Ästen tummelten sich kleine Tiere. Linus konnte nicht genau erkennen, was für Tiere es waren. Aber es war ihm auch direkt wieder egal. Denn einige Meter weiter flogen in diesem Augenblick unzählige bunte Schmetterlinge auf. Sie wirbelten durcheinander und schwebten als schillernde Wolke dem Wald entgegen.

„Wasser! Großartig!", krähte Max.

Bodo lachte. „Ich dachte, du willst nicht mehr zurück?"

Max nickte. „Stimmt. Zu den großen Krokodilen will ich nicht zurück. Aber ich bin trotzdem ein Krokodil – ich finde Wasser einfach super. Ich kann nichts dagegen machen."

Max überprüfte intensiv die Wasseroberfläche. „Ich glaube, hier sind keine Krokodile", sagte er. „Hier ist das Wasser zu schnell."

Bodo war erleichtert. „Wenigstens müssen wir dann davor keine Angst haben. Aber wo sind die Wasserschweine?"

„Hat hier jemand Wasserschwein gesagt?", tönte plötzlich eine quietschende Stimme neben Linus. Vor Schreck wäre er beinahe in den Fluss gefallen.

Bodo hüpfte freudig an Linus vorbei auf das hellbraune Tier zu, das lautlos wie aus dem Nichts plötzlich neben den Freunden aufgetaucht war. „Hallo liebes Wasserschwein! Wir haben euch gesucht!"

Das Wasserschwein legte den Kopf schief und sah Bodo prüfend an. „Du bist ein Brüllaffe, oder?"

Bodo nickte heftig. „Ja. Woher weißt du das?“

Das Wasserschwein verschränkte die kurzen Arme vor der Brust. „Ich weiß, viele Tiere da oben in den Bäumen halten uns für dumm. Sind wir aber nicht. Also: Was will ein Brüllaffe von uns?“

Linus fiel ein, dass Wasserschweine zu den Meerschweinchen zählten. Das war unglaublich. Denn die Meerschweinchen von seiner Freundin Sophie waren so klein, dass Linus sie in eine Hand nehmen konnte. Dieses Wasserschwein reichte ihm fast bis zur Brust. Es war so groß wie der Schäferhund von seinem Opa! Sein Kopf sah eckig aus und passte nicht so recht zum Rest des Körpers. Sein Fell war glatt und seine Arme und Beine ziemlich dünn. Linus war so fasziniert, dass er überhaupt nichts mehr sagen konnte.

Das Wasserschwein wurde ungeduldig, weil Bodo ihm auch nicht antwortete. Bodo war wieder verlegen. Denn das Wasserschwein hatte recht: Viele der Tiere in den Bäumen hielten nichts von den Tieren, die im Wasser und am Boden lebten. Jetzt schaltete Max sich ein: „Der Brüllaffe sucht seine Familie“, platzte er heraus.

Das Wasserschwein wusste erst nicht, wer das gesagt hatte. Denn Max war so klein, dass das Wasserschwein ihn völlig übersehen hatte. Als es Max entdeckte, ging es einen Schritt zurück. „Ein Krokodil? Sind hier seit neuestem etwa Krokodile?“

Max beruhigte: „Nein. Ich bin von zu Hause weggelaufen. Die Krokodile sind weiter flussaufwärts."

Das Wasserschwein war erleichtert. „Gott sei Dank! Jetzt hast du mir einen Schreck eingejagt. Also: Was wollt ihr von mir?" Bodo hatte sich gefangen und erzählte seine Geschichte. „Wir hatten gehofft, dass ihr Wasserschweine hier unten am Fluss vielleicht etwas gehört oder gesehen habt? Vielleicht könntet ihr auch ein bisschen herumfragen?"

Das Wasserschwein hatte aufmerksam zugehört und sah Bodo durchdringend an. „Warum sollten wir das tun? Ich habe noch nie gehört, dass ein Brüllaffe jemals einem Wasserschwein in Not geholfen hätte."

Als Bodo nichts sagte, mischte Linus sich ein: „Weil man das eben so macht – einander helfen. Und weil es ein großes Feuer gibt. Davon geht der Wald kaputt. Und viele Tiere haben kein Zuhause mehr. Da solltet ihr alle zusammenhalten."

Das Wasserschwein lachte. „Feuer? Interessiert uns nicht. Wir sind Wasserschweine. Wasser brennt nicht." Aber kaum hatte es zu Ende gesprochen, kam es ins Grübeln. „Allerdings muss ich zugeben, dass ich von dem Feuer schon gehört habe. Es soll dieses Mal sehr groß sein."

„Es ist riesig", erklärte Bodo aufgeregt. „Und auch, wenn Wasser nicht brennt – ihr lebt auch am Ufer. Das wird für euch genauso schlimme Folgen haben.“

Das Wasserschwein nickte langsam. „In Ordnung. Ich werde mich mit meiner Herde besprechen. Wir müssen aber zuerst den offiziellen Wasserschweinrat einberufen. Ich werde euch unsere Entscheidung dann mitteilen.“

„Vielen Dank!“, sagte Bodo. „Und wann wird das sein?“

„Bald“, sagte das Wasserschwein. „Du weißt ja, wir reden viel. Bis heute Nachmittag wisst ihr Bescheid. Wir treffen uns wieder hier, wenn die Sonne senkrecht steht.“ Ohne auf eine Antwort zu warten, wackelte es mit seinem breiten Hinterteil und seinen dünnen Füßen zum Wasser und ließ sich hineingleiten. Und schwupps – war es verschwunden.

„Schwein gehabt“, sagte Bodo. „Wenn der Rat der Wasserschweine zustimmt, haben wir viele Verbündete bei unserer Suche hier unten am Fluss.“

„Und was machen wir bis zum Nachmittag?“, fragte Linus.

„Baden gehen!“, quietschte Max.

„Auf gar keinen Fall!“ Bodo schüttelte heftig den Kopf. „Zu gefährlich!“

„Ach was“, sagte Max und trippelte los. „Ich bin ein echtes

Krokodil. Mir wird schon nichts passieren."

„Aber ein winzig kleines Krokodil", merkte Bodo an.

Das hätte er besser nicht sagen sollen. Denn Max war trotzig. Und wenn man ihm sagte, dass er etwas nicht tun sollte, dann tat er es erst recht. Bäuchlings rutschte er ins Wasser. Einen kurzen Moment später sah Bodo einen dunklen Schatten unter der Oberfläche schwimmen. Der Schatten näherte sich rasch der Stelle, an der Max ins Wasser geglitten war. „Max! Max! Da ist etwas! Pass auf!" Aber Max war voller Freude untergetaucht und konnte Bodos Warnung nicht mehr hören ...

# DAS GROSSE ZITTERN

Bodo und Max waren ans Wasser gesprungen und beobachteten sorgenvoll den Schatten, der sich unter Wasser näherte. Er war sehr lang und groß. Linus fand, dass es aussah wie eine Schlange. Sie hielten den Atem an, doch Max blieb verschwunden. Der Schatten schwamm gemächlich an ihren Füßen vorbei und entfernte sich langsam in die andere Richtung.

Bodo atmete aus. „Glück gehabt. Es sieht nicht so aus, hätte dieses Unterwassertier Max entdeckt."

Linus nickte und suchte verzweifelt die Wasseroberfläche ab. „Aber wo ist Max? Ich kann ihn nirgends sehen! Max? Max, wo bist du?"

„Hier!", quietschte Max' Stimme plötzlich vergnügt. „Hier drüben!"

Linus sah auf und entdeckte Max auf einem der Äste des umgestürzten Baumes am anderen Ufer.

„Du hast uns erschreckt! Ist alles in Ordnung?", rief Bodo. „Alles okay", quietsche Max. „Das Wasser ist herrlich!"

Das Wasser sah sehr verlockend aus. An dieser Stelle des Flusses war es nicht so braun und trüb, sondern klar und glitzernd. Es war heiß. Linus wäre am liebsten auch hineingesprungen. Eine Runde Baden – das wäre jetzt großartig. Aber es gab zu viele Tiere hier, die er nicht kannte. Womöglich war es wirklich zu gefährlich.

„Hast du andere Tiere gesehen?“, rief Bodo zu Max hinüber.

„Nein“, quietschte Max. „Ich bin mit Augen zu geschwommen.“

Bodo lachte. „Mit Augen zu? Welches Krokodil schwimmt denn mit Augen zu?“

Plötzlich sah Linus den langen Schatten wieder. Er schwamm wieder zurück. Dann drehte er ab und bewegte sich in Richtung des anderen Flussufers. „Max, Vorsicht!“, schrie Linus. „Da ist etwas im Wasser!“

Max antwortete nicht. Aber Linus sah, dass er etwas vorwärts kroch. Wahrscheinlich, um besser sehen zu können.

Plötzlich sprang das lange schlangenartige Tier mit einem Satz aus dem Wasser. Für einen kurzen Augenblick flog es über der Oberfläche. Dann landete es mit einem lauten Platsch wieder im Fluss.

„Was war das?“, fragte Linus erschrocken.

„Ein Zitteraal glaube ich“, sagte Bodo besorgt. „Das ist komisch. Zitteraale sind eigentlich nie in klaren Gewässern unterwegs.“

„Was ist ein Zitteraal“, fragte Linus.

„Der ist elektrisch“, sagte Bodo. „Weißt du, was das heißt?“

Natürlich wusste Linus, was elektrisch heißt. Die Lampe im Esszimmer war elektrisch. Mamas Rührgerät war elektrisch. Und der Haartrockner von Oma. Und Papa hatte einen elektrischen Rasierer. Aber wie konnte denn ein Fisch bitte schön elektrisch sein?

„Elektrisch? Kann der sich an der Steckdose anschließen?“ Bodo lachte. „Wie kommst du denn darauf?“

„Alle elektrischen Geräte haben einen Stecker. Oder Batterien“, sagte Linus. „Außerdem hat Mama gesagt, niemals darf etwas elektrisches nass werden. Wie kann dann ein elektrischer Fisch im Wasser schwimmen?“ Das war verwirrend.

Wieder schoss der Fisch aus dem Wasser empor. Und wieder platschte er gleich darauf zurück in den Fluss.

„Was ist das?“, quietschte Max vom anderen Ufer.

„Ein elektrischer Fisch!“, schrie Linus. „Bleib, wo du bist! Elektrische Sachen und Wasser sind zusammen sehr gefährlich!“

Doch kaum hatte Linus zu Ende gesprochen, sprang der Fisch erneut. Dieses Mal landete er so unglücklich, dass sein Vorderteil an dem Ast hängen blieb, auf dem Max hockte.

„Ah! Hilfe!“, quietschte Max und wich zurück. „Igitt! Was für ein ekliges Tier!“

„Mmmmmmmmh“, machte der Zitteraal laut.

„Geh weg!“, quietschte Max. Aber der Zitteraal hing fest. Er zappelte wie verrückt. Dann versuchte er, durch schlangenartige Bewegungen freizukommen. Aber er konnte sich nicht von dem Ast befreien. Er hing fest.

„Schnell, Max, lass ihn dort, jetzt kannst du zurückschwimmen!“, schrie Linus. Aber Bodo sagte „Nein! So viele Tiere helfen mir dabei, meine Familie wiederzufinden. Ich möchte kein anderes Tier in Not allein lassen.“

Linus sah ihn fragend an. „Aber er ist elektrisch? Und da ist Wasser! Was willst du denn machen?“

Bodo antwortete nicht. Er packte Linus am Handgelenk und zog ihn hinter sich her zum nächsten Baum. „Klettre da hoch!“, sagte er streng. Linus kletterte.

„He, wo geht ihr hin?“, kreischte Max vom anderen Ufer.

„Wir kommen!“, rief Bodo. Dann betrachtete er die Pflanzen ringsum. Er suchte einen Weg, wie sie auch ohne die Hilfe der Papageien gemeinsam den Fluss überqueren könnten. Tatsächlich entdeckte er eine Stelle, an der die Bäume und Schlingpflanzen für einen großen Sprung ausreichten. „Linus, jetzt wird es ernst“, sagte er. „Die Ranke wird nicht bis ganz über den Fluss reichen. Sie reicht nur, um genug Schwung zu holen.“

Linus machte große Augen. „Und dann? Fallen wir ins Wasser?“

Bodo schüttelte den Kopf. „Nein. Du bist doch sicherlich schon einmal auf dem Spielplatz ganz hochgeschaukelt und dann von der Schaukel heruntergesprungen?“

Linus nickte stumm.

„Sehr gut“, sagte Bodo. „Genau das machen wir jetzt. Wir schaukeln, bis wir ganz viel Schwung haben. Und wenn wir genug Schwung haben, springen wir ab. Verstanden?“

Linus hatte verstanden. Aber es war ihm nicht wohl. Auf dem Spielplatz waren unter der Schaukel einfach nur Sand und kein Fluss mit elektrischen Tieren.

Bodo sah ihn ernst an. „Traust du dir das zu?“

Linus Herz klopfte bis zum Hals. Aber er wollte Bodo helfen. Also nahm er allen Mut zusammen und nickte.

„Sehr gut. Hier, halt dich fest. Und schaukle, so hoch du nur kannst!"

Linus griff nach der Ranke, kniff die Augen fest zusammen und stieß sich ab. Das kitzelte wieder im Bauch. Als er kurz blinzelte sah er, dass Bodo schon wieder rückwärts schwang. „Hol ordentlich Schwung!", rief Bodo. „Los, schaukle!"

Linus schaukelte. Hin und her, und immer höher. Es fing an, ihm Spaß zu machen. „Juhu!", rief er. „Das ist cool!" „Nur weiter", rief Bodo. Und plötzlich schrie er: „Jetzt sind wir hoch genug! Spring, Linus! Spring!"

Linus sprang. Mit einem riesigen Satz katapultierte er sich über den Fluss hinüber ans andere Ufer. Unsanft landete er auf einem Busch. Zum Glück hatte der Busch keine Dornen. Nur ein bunter Vogel flog schimpfend auf, als Linus auf den Zweig krachte, wo der Vogel gesessen hatte.

„Wahnsinn!", lobte Bodo und half Linus auf die Füße. „Du zitterst ja am ganzen Körper!"

„Vor Aufregung", gab Linus zu. „Aber das hat richtig Spaß gemacht."

Schnell gingen sie ein Stück flussabwärts, wo Max und der elektrische Aal noch immer an dem Ast festsaßen.

Max war erleichtert, seine Freunde zu sehen. „Gott sei Dank seid ihr wieder da! Ich habe mich nicht getraut, mich zu bewegen.“

Bodo ging auf dem umgestürzten Baum so nah an den gefangenen Zitteraal heran, wie möglich.

„He“, sagte er. „Wir helfen dir!“

Der Zitteraal wand sich wieder. Aber mit weniger Kraft als am Anfang. Er schien müde zu sein.

„Wie heißt du?“, fragte Bodo.

„Elektra“, antwortete der Zitteraal. „Ich komme hier nicht mehr weg!“

„Was machst du hier, Elektra? Ihr Zitteraale seid doch normalerweise nicht in klaren Flüssen. Ihr mögt es doch eher trüb?“
„Ich habe mich verschwommen“, jammerte Elektra. „Ich suche den Rückweg. Eben hatte ich eine Idee, wohin ich schwimmen muss. Aber dann bin ich an diesem blöden Ast hängen geblieben.“

„Versprich mir, dass du mich nicht mit deinem elektrischen Zeug verletzt. Dann helfe ich dir herunter“, sagte Bodo.

„Versprochen“, keuchte Elektra. „Ich kann zwar ganz normal atmen an Land, aber das hilft mir wenig, wenn ich hier austrockne.“ „Du kannst an Land atmen?“, fragte Bodo und verscheuchte derweil Max von dem umgestürzten Baum.

„Natürlich“, keuchte Elektra. „Meine Kiemen sind nicht so wie bei anderen Fischen. Ich kann unter Wasser nicht genug Sauerstoff bekommen. Ich muss sogar immer wieder auftauchen, damit ich Luft schnappen kann. Aber wie gesagt, wenn ich hier vertrockne, bringt mir das wenig.“

Bodo brach einen langen stabilen Ast ab, mit dem er bis zu Elektra heranreichen konnte. Aber er schaffte es nicht, den großen langen Aal mit dem Kopf aus der Astgabel zu heben. Bodo winkte Linus heran. „Linus, du musst auch auf den Baumstamm klettern und mir den Arm entgegenstrecken.

Linus überlegte nicht lange. Im Balancieren war er mindestens genauso gut wie im Klettern. Er kroch so weit nach vorne, bis Bodo „Stopp!“, rief. Dann streckte er den Arm aus. „Und jetzt?“, fragte er.

Bodo sagte nichts. Stattdessen streckte er seinen langen Affenschwanz zu Linus aus und wickelte ihn zweimal fest um Linus‘ Handgelenk. „Bleib genau so“, rief Bodo. „Und halte dich gut fest!“ Dann merkte Linus, wie Bodo sich mit vollem Gewicht an ihn hängte und sich in Richtung des Zitteraals fallen ließ. Mit einem schnellen Handgriff hob Bodo den

Kopf des Zitteraals aus der Astgabel. Der Aal platschte zurück ins Wasser und Bodo schwang sich zurück auf den Ast. Linus tat der Arm weh. Bodo war ganz schön schwer und der Affenschwanz hatte Linus das Handgelenk abgeschnürt.

„Uff", sagte Bodo. „Das war knapp."

Max kam wieder an gekrabbelt. „Wo ist der Aal hin?", fragte er.

„Hier!", hörten sie Elektra rufen. Sie war genau unter ihnen im Wasser und streckte den Kopf heraus. „Ich danke euch sehr! Du bist ein toller Affe!"

„Das habe ich gerne gemacht", sagte Bodo und lächelte verlegen.

„Wie kann ich euch jetzt helfen?", fragte Elektra.

Linus hätte gerne mehr über Zitteraale erfahren und diesen spannenden Fisch alles mögliche gefragt. Aber er wollte Bodo nicht unterbrechen. Er würde später noch Zeit haben, sich genauer nach dem Zitteraal zu erkundigen. Ein Fisch, der an der Oberfläche nach Luft schnappte – das kannte Linus nicht. Er wusste nur, dass Wale an der Oberfläche atmeten. Aber das waren ja auch keine Fische, sondern Säugetiere. Aber jetzt fing Bodo an zu plappern und Linus konnte nicht weiter über atmende Fische nachdenken.

Bodo erzählte Elektra jetzt von seiner Familie und den blauen Papageien, den Kaiserschnurrbarttamarinen und dem Rat der Wasserschweine. Er erzählte von dem Jaguar und dem Feuer, von den Menschen und Linus und Max. Das dauerte ziemlich lange, denn Bodo hatte sich richtig in Fahrt geredet. Als Bodo zu Ende erzählt hatte, sagte Elektra: „Du sagtest vorhin, ihr trefft das Wasserschwein, wenn die Sonne am höchsten steht? Dann solltet ihr euch jetzt beeilen – sonst kommt ihr zu spät!“

# DER VERRÜCKTE TUKAN

Erschrocken schaute Bodo zum Himmel. Elektra hatte recht. Wenn sie das Wasserschwein verpassten, war alle Mühe umsonst. „Schnell, wir müssen los!“, rief er. „Linus, nimm Max auf die Schulter! Wir müssen eine Liane finden, an der wir zurückschaukeln können!“

Plötzlich ertönte ein lautes heiseres Lachen hinter ihnen. Blitzartig drehte Bodo sich um. Direkt vor seinem Gesicht ragte ihm ein riesiger bunter Schnabel entgegen.

„Ihr seid wohl nicht besonders schlau?“, krächzte der große Vogel. Sein Schnabel hing wie eine bunte Banane aus seinem Gesicht.

„Erschreck mich nicht so, Tukan!“, meckerte Bodo. „Wir haben keine Zeit. Wir müssen los.“

Der Tukan lachte wieder. „Warum eine Liane? Geht doch einfach über die Brücke.“

Hatte der Tukan eben Brücke gesagt? Linus hatte keine Brücke gesehen.

„Wo soll denn diese Brücke sein?“

Der Tukan breitete den rechten Flügel aus. „Dort entlang.

Ein ziemlich wackeliges Ding. Aber ihr seid ja nicht so groß. Das sollte reichen."

Elektra tauchte kurz ab, dann wieder auf und sagte: „Rennt! Ich schwimme inzwischen zum anderen Ufer. Wenn ich ein Wasserschwein treffe, halte ich es auf!" Und weg war sie.

Bodo und Linus spurteten los. Max meckerte ununterbrochen. „Nicht so hastig! Mir wird schlecht, wenn deine Schulter so wackelt, Linus!" Aber Linus hörte nicht auf Max. Er rannte Bodo hinterher und versuchte, dabei nicht zu stolpern. Überall waren dichte Büsche und Wurzeln. An Linus Schienbeinen waren schon überall Kratzer.

Der Tukan hatte offenbar Langeweile. Denn er folgte den beiden flatternd und dabei unentwegt weiterredend. „Was habt ihr denn vor? Ist das eine Schnitzeljagd? Ich liebe Schnitzeljagd. Oder habt ihr eine Wette gemacht? Und was macht eigentlich ein kleiner Mensch mit einem Brüllaffen im Dschungel? Und dieses winzig kleine Krokodil da – ist das überhaupt echt?"

„Sei still", rief Bodo. „Du redest ja ohne Punkt und Komma!" Der Tukan tat so, als hätte er Bodo nicht gehört. Er redete einfach weiter. „Bald sind wir an der Brücke. Die habt ihr wohl noch nie gesehen? Aber wahrscheinlich waren zu viele Blätter darüber. Da erkennt man das schlecht von oben. Darf ich mitmachen bei eurem Spiel? Ich liebe Spiele."

Bodo antwortete nicht. Ab und zu drehte er sich um, um nach Linus zu sehen. Aber Linus war tapfer und kämpfte sich so rasch es ging hinter Bodo her.

„Da! Da ist die Brücke!“, rief Bodo. „Schnell!“ Hastig stolperten sie auf die Brücke zu. Sie sah sehr wackelig aus.

„Ich wette hundert zu eins, dass ihr das schafft!“, krächzte der Tukan. „Ich liebe Wetten!“

Vor der Brücke hielt Bodo inne. An dieser Stelle war der Fluss sehr breit. Die Strömung war stark. In der Mitte der Brücke fehlten einige Bretter. Das Holz sah morsch aus. Besorgt blickte Bodo sich zu Linus um. „Wir müssen sehr mutig sein“, sagte er.

„Wir sind mutig!“, quietschte Max so laut, dass Linus das Ohr wehtat.

Linus schluckte. Vorsichtig setzte er einen Fuß auf die Brücke, während Bodo bereits auf dem dritten Brett angekommen war.

„Wir sollten einzeln gehen“, beschloss Bodo.

„Ich wette, ihr schafft das“, krächzte der Tukan wieder.

Bodo schaute sich zu ihm um und sah ihn finster an. „Wenn du uns helfen willst, dann hör auf zu reden.“

Der Tukan schüttelte dem riesigen Schnabel. „Kann ich nicht. Ich liebe es, zu reden."

Die Sonne stand bereits fast genau über ihren Köpfen. Die Zeit drängte. Bodo sah den Tukan an: „Ich mache dir einen Vorschlag: Du darfst und begleiten, wenn du auf Linus und Max aufpasst."

Der Tukan war begeistert. „Ich darf euch begleiten? Ich liebe es, jemanden zu begleiten. Leute begleiten ist aufregend!"

Bodo zeigte ans andere Ufer. „Ich werde jetzt über die Brücke gehen. Falls sie bricht, kann ich springen. Dann musst du auf Linus und Bodo achtgeben, bis ich wiederkomme und Hilfe geholt habe."

Der Tukan nickte: „Jawohl! Stets zu Diensten, Herr Affe!"

Bodo befahl Linus, auf einem Baum Schutz zu suchen, falls die Brücke brechen sollte. Linus war einverstanden. Auch, wenn er keine Lust hatte, allein mit einem verrückten Tukan ohne Bodo im Dschungel auf einem Baum herumzusitzen.

Bodo nickte zufrieden und huschte bis zur Mitte der Brücke. Das Wasser rauschte unter ihm. Linus hielt den Atem an. Und dann passierte es: Eine Seite der Brücke brach ein. Etwas war gerissen oder gebrochen. Linus sah nicht, was genau kaputtgegangen war. Aber er sah, dass die Brücke nun schief und schräg über dem reißenden Wasser hing. Bodo hatte sich mit einem riesigen Satz ans andere Ufer gerettet. Hinter ihm baumelte die Brücke wie an einem seidenen Faden über dem Fluss.

„Ich hole Hilfe!", brüllte Bodo. „Tukan, such einen guten Baum! Gib auf die beiden acht! Bitte!"

Der Tukan nickte so heftig, dass sein riesiger bunter Schnabel den Boden berührte. „Versprochen!", krächzte er. Dann wandte er sich an Linus und Max: „Wie schön, ich habe neue Freunde! Wie sind eure Namen?"

„Linus", sagte Linus. Er musste sich das Weinen verkneifen. Denn er war nicht sicher, ob ein verrückter Tukan gut auf ihn und Max aufpassen könnte.

„Ich heiße Max", sagte Max. „Das kommt von dem Wort Maximus und bedeutet der Größte."

Der Tukan lachte. „Ach, und lustig seid ihr obendrein. Ich liebe lustig!" Er flatterte auf einen nahe gelegenen Ast. „Dann will ich mal einen schönen Baum für euch suchen. Was mögt ihr lieber: Palme oder Gummibaum?"

# VERSTÄNDIGUNGSPROBLEME

Weder auf die Palme noch auf den Gummibaum konnte Linus hinaufklettern. Es waren zu wenig Äste daran. Der verrückte Tukan suchte deshalb einen kleinen Mammutbaum aus. Er stand ein gutes Stück hinter der kaputten Brücke. Aber wenigstens konnte Linus ohne Probleme hinaufsteigen.

„Wie heißt du denn eigentlich?", fragte Linus. Er hatte sich auf einen dicken Ast gesetzt. Max war von seiner Schulter heruntergekrabbelt und hatte es sich in der Sonne bequem gemacht. Der Tukan saß zwischen den beiden und sah sie neugierig an.

„Ich habe keinen Namen. Ich bin einfach der Tukan", sagte der Tukan.

Linus machte ein langes Gesicht. „Keinen eigenen Namen? Das ist aber traurig", fand Linus.

Der Tukan schüttelte den Kopf. „Warum? Tukan ist doch ein schönes Wort. Oder etwa nicht?"

„Hm", sagte Linus. Er fand die Vorstellung komisch, keinen Namen zu haben. Er hieß schließlich auch nicht einfach nur „Mensch". Der Tukan trippelte jetzt auf dem Ast hin und her. Linus betrachtete den riesigen Schnabel. War der nicht furchtbar schwer? Linus stellte sich vor, wie sich das anfühlte, einen so langen Schnabel zu haben. Wahrscheinlich würde er vornüberkippen und vom Baum herunterfallen, wenn er einen so langen Schnabel im Gesicht hätte.

Max kam in den Schatten gekrabbelt. „Mir ist langweilig", maulte er. „Was machen wir denn jetzt? Hier passiert überhaupt nichts."

„Wir könnten uns Witze erzählen", schlug der Tukan vor. „Ich liebe Witze!"

„Ich weiß einen!", rief Linus. „Was ist schwarz und weiß und hüpft übers Eis?"

Der Tukan sah ihn fragend an. „Keine Ahnung. Was ist das?"
„Ein Springuin!", sagte Linus stolz.

„Ein was?", fragte der Tukan?

„Na ein Springuin! Hast du den Witz nicht verstanden?"
Der Tukan schüttelte den Kopf.

Linus seufzte. „Schwarz und weiß und im Eis ist ein Pinguin. Und wenn er hüpft, dann springt er. Dann ist es kein Pinguin mehr, sondern ein Springuin. Verstanden?"

Der Tukan sagte nichts und sah fragend zu Max. Max verstand auch nicht, was Linus meinte.

„Kennt ihr etwa keinen Pinguin?“

Die beiden schüttelten den Kopf. „Nie gehört“, sagte der Tukan.

Da fiel Linus ein, dass hier im Dschungel wahrscheinlich niemand die Tiere vom Nordpol oder vom Südpol kannte. Hier im Regenwald war es die ganze Zeit über heiß. Vielleicht kannten sie hier nicht einmal Schnee und Eis? Am Nord- und Südpol war es immer kalt.

„Ein Pinguin ist ein Vogel, der nicht fliegen kann. Der watschelt nur über das Eis“, erklärte Linus. „Und er ist schwarz und weiß. Er sieht aus, als hätte er einen Frack an.“

Der Tukan flatterte erschrocken rückwärts. „Ein Vogel, der nicht fliegen kann? Das ist schrecklich!“

Linus verdrehte die Augen. „Der Pinguin braucht nicht zu fliegen. Der kann dafür schwimmen und tauchen.“

„Das ist verrückt“, sagte der Tukan.

Linus fand das nicht verrückt. Er erklärte Max und dem Tukan, wie kalt es am Nord- und am Südpol war. Dann erzählte er von Schnee und Eis. Er erzählte vom Schlittenfahren, vom Schneemann und den Schneeballschlachten im letzten Winter.

„Kommst du etwa vom Nordpol?", fragte der Tukan erschrocken.

Linus lachte. „Nein! Aber bei uns zu Hause gibt es auch Schnee. Aber nur manchmal."

„Das verstehe ich alles nicht", sagte der Tukan. „Hier im Dschungel ist immer dasselbe Wetter. Immer heiß und feucht."

Jetzt mischte Max sich wieder ein. „Darf ich auch noch einen Witz erzählen?"

Linus und der Tukan nickten begeistert. Ein Witz von einem winzig kleinen Krokodil war bestimmt sehr lustig. Max ließ sich von Linus auf einen höher gelegenen Ast setzen. Jetzt hockte er wie auf einer Bühne und räusperte sich wichtig. „Also", begann er. „Der Krokodil-Lehrer fragt die Krokodil-Schüler: Nennt mir zehn Tiere, die im Dschungel leben ..."

„Den Witz kenne ich schon!", kreischte der Tukan.

Max guckte finster. „Aber vielleicht kennt Linus den Witz noch nicht."

Linus zuckte mit den Schultern. „Ich kenne ihn nicht."

„Gut", sagte Max. „Tukan, sei du still. Ich will den Witz zu Ende erzählen. „Der Krokodil-Lehrer fragt die Krokodil-

Schüler: Nennt mir zehn Tiere, die im Dschungel leben. Da meldet sich Max ..."

Linus kicherte.

„Warum lachst du denn jetzt schon? Der Witz ist doch noch gar nicht fertig?"

Linus musste laut lachen. „Na, weil ihr doch alle Max heißt ... Das ist lustig."

Max überlegte kurz und lachte auch. „Stimmt. Dann erzähle ich ihn für dich ausnahmsweise anders. Also: Da meldet sich Linus ..."

Linus lachte wieder. „Jetzt bin ich gespannt."

Max schaute finster. „Unterbrich mich nicht dauernd! Hast du denn nie gelernt, dass man andere ausreden lassen soll?"
„Entschuldigung", sagte Linus.

„Also, noch einmal von vorne: „Der Krokodil-Lehrer fragt die Krokodil-Schüler: Nennt mir zehn Tiere, die im Dschungel leben. Da meldet sich Linus und sagt: Zwei Affen, fünf Schlangen und drei Ameisen."

Der Tukan hockte sich neben Linus. „Du lachst ja gar nicht. Hast du den Witz verstanden?"

„Natürlich!“, protestierte Linus. Er wollte nicht zugeben, dass er nicht sofort kapiert hatte, was daran lustig war. Der Tukan merkte das allerdings sofort. Aber er lachte Linus nicht dafür aus. Er rutschte näher an ihn heran und flüsterte: „Der Krokodil-Lehrer wollte zehn unterschiedliche Tiere hören. Aber Linus wusste nur drei: Affen, Schlangen und Ameisen. Deshalb hat er einfach gesagt zwei Affen, fünf Schlangen und drei Ameisen. Denn zwei plus fünf plus drei ergibt zehn. Zehn Tiere. Kapiert?“ Linus schämte sich ein bisschen. Darauf hätte er auch selbst kommen können. Aber weil ihn der Tukan nicht ausgelacht hatte, war das jetzt auch egal.

„Irgendwie ist das mit den Witzen auch nicht so spaßig“, stellte Max fest. „Wann kommt denn Bodo wohl zurück?“

Linus erschrak. Er hatte Bodo ganz vergessen. „Er kann uns hier doch gar nicht finden!“

„Kein Problem“, krächzte der Tukan. „Ich gehe nachsehen, ob er schon da ist. Ich bin gleich zurück. Ihr bewegt euch nicht von der Stelle. Verstanden?“

Linus und Max versprachen, brav zu warten. Der Tukan flatterte los. Doch kaum war er zwischen den Blättern und Sträuchern verschwunden, hörte Linus plötzlich Stimmen.

„Max, hörst du das auch?“

Max huschte schnell auf Linus‘ Arm. „Ich höre es auch“, quietschte er leise. „Das sind keine Tiere. Das sind Menschen!“

# DER KLEINE TYRANN

Max wurde nervös. „Wenn die Menschen dich sehen, nehmen sie dich mit! Sei ganz leise!“

Linus hielt die Luft an. Sie versuchten, unter den vielen Blättern die Menschen zu entdecken. Sie hörten die Stimmen deutlich. Linus verstand zwar ihre Sprache nicht, aber sie unterhielten sich ununterbrochen. Die Stimmen kamen immer näher.

Da kam der Tukan zurück. „Menschen!“, kreischte er.

„Sei leise!“, meckerte Max.

„Ach was“, sagte der Tukan. „Die anderen Vögel hören auch nicht auf zu singen. Aber Linus sollte still sein. Wenn Menschen im Dschungel auf Menschen treffen, dann passiert immer irgendwas.“

Linus flüsterte: „Aber ich könnte sie doch etwas fragen? Vielleicht wissen sie etwas, das uns hilft?“

Der Tukan schüttelte den Kopf und Max tat dasselbe.

„Lieber nicht“, sagte Max.

„Aber genau dafür bin ich doch hergekommen?“, protestierte Linus.

Der Tukan wackelte mit der kurzen Schwanzfeder und trippelte nervös hin und her. „Schon. Aber ich würde erst einen Menschen ansprechen, wenn wir wissen, wer die sind. Nicht einfach zu Fremden gehen. Das muss Bodo mitentscheiden." Linus rollte genervt mit den Augen. „Und: Hast du Bodo nun eigentlich gesehen?"

Der Tukan lachte und schlug sich mit dem Flügel gegen die kleine Stirn. „Wie konnte ich das Wichtigste vergessen? Ja, ich habe Bodo gesehen. Er hat mit dem Wasserschwein geredet. Sie helfen ihm bei der Suche nach seiner Familie."

„Und was ist mit uns?", fragte Max. „Kommt er uns holen?" Der Tukan nickte. „Er hat mich gebeten, bis heute Abend auf euch aufzupassen. Er kommt mit den Papageien dann zu uns herüber. Er geht zum Treffpunkt und schickt die Aras genau hierher. Zu diesem Baum."

Linus war erleichtert. Zwar war es hier sehr langweilig. Aber immer noch besser, als ohne Bodo durch den Dschungel zu irren. „Ich fliege einmal nachsehen, was die Menschen treiben", sagte der Tukan. „Sie sind jetzt direkt am Flussufer – sehr ihr?" Linus entdeckte sie jetzt auch. Es waren vier junge Leute und ein alter Mann. Sie hatten lange Messer in der Hand. Einer trug eine große Tasche und ein anderer schleppte eine Kiste mit sich herum. Sie gingen in Richtung der kaputten Brücke. „Bestimmt wollen sie die Brücke benutzen", sagte Linus.

„Dann haben sie Pech“, sagte Max. „Kaputt ist kaputt. Dann müssen sie umkehren.“

Linus war neugierig. Was hatten die Leute hier zu schaffen? Er wäre zu gerne vom Baum heruntergeklettert. Er wollte sie ansprechen. Aber Max und der Tukan waren strikt dagegen. „Glaube mir, die lassen einen kleinen Jungen nicht allein im Dschungel zurück“, mahnte Max. „Die nehmen dich mit. Ob du willst oder nicht.“

Während Linus noch überlegte, ertönte einige Meter über ihren Köpfen ein leises Geräusch. Es klang wie das Sirren eines Insekts. Und dann hörte es sich an, als quake ein kleiner Frosch.

Linus schaute nach oben. Etwas bewegte sich dort. Saß da ein Frosch im Baum? Wieder quakte es. Dann sah er den kleinen Vogel, der eifrig an einem Nest herumpikte.
„Was ist das?“, fragte er.

Der Tukan hob den riesigen Schnabel. „Ein Vogel. Das siehst du doch.“

„Aber er quakt? Was für ein Vogel quakt denn? Ist das ein Spatz?“

Der Tukan lachte. „Nein. Das ist ein kleiner Tyrann.“

Linus erschrak. Ein Tyrann? Ein Tyrann war doch jemand, der böse ist?

Wieder ertönte das leise Geräusch, das an einen Frosch erinnerte. Der kleine Tyrann hielt inne. Dann flatterte er mit seinen kleinen Flügeln und schaute zu den Freunden nach unten.

„Tyrann bedeutet Schreivogel. Hörst du das nicht? Der schreit ununterbrochen."

Der kleine Tyrann hüpfte auf seinem Ast hin und her. Dann flatterte er unerschrocken auf Linus, Max und den Tukan zu. Er ließ sich neben ihnen nieder. Er sah nicht aus, wie ein Tyrann. Einen Tyrannen hatte Linus sich immer anders vorgestellt. Aber dieser kleine Vogel hier sah überhaupt nicht böse aus. Er war sehr niedlich. Seine Federn waren ein bisschen grau und ein bisschen grün. Sein Kopf und sein Oberkörper passten nicht so recht zum Hinterteil. Denn der kleine Tyrann war sehr winzig, und er sah aus, als hätte er überhaupt keinen Schwanz.

„Hast du deine Schwanzfedern verloren?", fragte Linus den kleinen Vogel.

Der Kleine plusterte sich auf. „Wie bitte?", protestierte er. „Ich habe überhaupt nichts verloren. Wie kommst du denn darauf?"

Linus war verlegen. Aber er hatte noch nie einen kleinen Vogel gesehen, der hinten keine lange Schwanzfeder hatte.

Der kleine Tyrann hob stolz den Kopf. „Ich bin ein perfekter Stummelschwanz-Zwergtyrann. Es wäre peinlich, als Stummelschwanz-Zwergtyrann eine lange Schwanzfeder zu haben."

Linus lachte. „Du bist ein Stummelschwanz-Zwergtyrann? Heißt das wirklich so?"

Der kleine Vogel guckte finster. „Du kennst dich wohl nicht besonders gut aus. Was machst du überhaupt hier? Ein Mensch mitten im Dschungel auf einem Baum? Und dann auch noch mit diesem winzigen Krokodil?" Er wandte sich an den Tukan: „Von Vogel zu Vogel: Erkläre mir das bitte einmal. Was machen die beiden da?"

Der Tukan erzählte dem kleinen Tyrannen die Geschichte von der Brücke, von Bodo und seiner Familie. Er berichtete stolz, dass er auf Linus und Max aufpassen sollte. Das war eine wichtige Aufgabe. Und wer wäre besser geeignet dafür als ein stolzer Tukan?

Der Stummelschwanz-Zwergtyrann hörte aufmerksam zu. Dann zeigte er in Richtung der kaputten Brücke. „Die Menschen dort unten haben Affen bei sich im Lager. Vielleicht ist das ja die Affenfamilie, die ihr sucht?"

Linus riss die Augen auf. „Woher weißt du das?"

Der Stummelschwanz-Zwergtyrann seufzte. „Ich wollte mein Nest dort bauen. Beim Lager der Menschen stand ein toller Baum. Ideal für mich. Aber dann haben sie ausgerechnet dort unter dem Baum eine Hütte aufgebaut. Das hat mich gestört."

„Und die Affen?", fragte Linus. „Was haben sie mit den Affen gemacht?"

Der kleine Tyrann hob die Flügel. „Ich glaube, die Affen waren krank oder verletzt. Die Menschen kümmern sich dann um diese Tiere. Zumindest sah das von Weitem so aus."

Linus wurde immer aufgeregter. Vielleicht war das Bodos Familie? Vielleicht könnten sie schon heute Abend alle wieder beisammen sein?

„Waren es Brüllaffen?"

„Weiß ich nicht", sagte der Stummelschwanz-Zwergtyrann. „Affen sind Affen. Die Unterschiede sind mir egal. Für mich brüllt jeder Affe gleich."

Max schaute den kleinen Vogel verächtlich an. „Du wirst doch wissen, ob es große oder kleine Affen waren?"

Der kleine Tyrann machte wieder sein Quak-Geräusch. „Große Affen", sagte er. Dann flog er auf und setzte sich auf den

Schnabel des Tukans. „Ich zeige euch den Weg zum Lager dieser Menschen. Aber nur, wenn ihr dann für immer von meinem Baum verschwindet. Ich kann keine Störung mehr gebrauchen.“ Der Tukan versprach, nie wieder auf diesem Baum zu sitzen. Linus und Max versprachen es auch. Außerdem mussten sie schwören, bis zum Abend sehr leise zu sein. „Ich vertrage keinen Krach“, betonte der kleine Tyrann.

Max lachte. „Ein Schreivogel, der keinen Krach verträgt? Das ist komisch.“

Der kleine Tyrann tat so, als hätte er Max nicht gehört. Er trollte sich mit einem Quakgeräusch zurück zu seinem Nest. Linus war jetzt noch ungeduldiger. Denn nun war das Warten auf Bodo und die Papageien noch anstrengender. Denn was konnte schlimmer sein, als stundenlang zu warten – und dabei auch noch mucksmäuschenstill zu sein?

# DER GEMEINE VAMPIR

Auf Bodo war Verlass. Pünktlich zur Dämmerung fand er sich gemeinsam mit Zito und den anderen Papageien bei Linus, Max und dem Tukan ein. Zwar schimpfte der kleine Tyrann entsetzlich über die vielen Papageien, weil sie so einen Krach machten. Aber nachdem alle sich einander vorgestellt hatten, beruhigte er sich.

„Zeige uns den Baum, unter dem die Menschen ihre Hütte gebaut haben!“, bat Bodo. Seit er von den Affen gehört hatte, die bei den Menschen versorgt wurden, war er schrecklich nervös.

Der kleine Tyrann nickte. „Aber es ist dunkel. Ich bin es nicht gewohnt, bei Dunkelheit zu fliegen. Vielleicht verirre ich mich.“

Ehe Bodo etwas sagen konnte, platzte eine fremde Stimme in die Unterhaltung. „Können wir euch behilflich sein?“

Bodo und die anderen zuckten zusammen. „Wer spricht da?“, fragte Bodo ängstlich. „Ich kann dich nicht sehen!“

Max, der dagegen bei Dunkelheit sehr gut sehen konnte, krabbelte mutig vorwärts. „Wer bist du?“, fragte er. „Du siehst komisch aus.“

Linus ärgerte sich, dass er keine Krokodilaugen hatte. Er sah so gut wie nichts.

Das Tier, zu dem die Stimme gehörte, schien recht groß zu sein. Etwas raschelte, dann tauchte eine pelzige Gestalt vor den Freunden auf. Aber nicht so, wie es sich gehörte, nämlich mit den Füßen nach unten. Die Gestalt hing kopfüber an einem Ast und starrte die erschrockene Truppe belustigt an.

„Eine Fledermaus!“, platzte Linus heraus.

„Korrekt“, sagte die Fledermaus zufrieden. „Genauer gesagt bin ich ein gemeiner Vampir.“

Jetzt bekam Linus es mit der Angst zu tun. Er mochte Geschichten über Vampire überhaupt nicht. Und hier im Dunkeln auf einen echten Vampir zu treffen – das wollte er auf keinen Fall!

„Hau ab!“, brüllte Bodo. Auch er hatte Angst bekommen. Denn tatsächlich wusste er, dass mit diesen Fledermäusen nicht zu spaßen war war. Auch die Papageien hielten Abstand. Der Tukan war einige Äste weiter nach oben geflüchtet.

Die Fledermaus schniefte etwas empört. „Ihr habt also Angst vor mir? Das hätte ich mir denken können. Alle haben Angst vor mir. So langsam bin ich es leid.“

Linus hatte sich ganz hinten an den Baumstamm gedrückt. Auch Max war zurückgewichen. Aber weil Max als einziger wirklich gut im Dunkeln sehen konnte, fragte er mutig weiter: „Warum bist du es leid? Du sagst doch selbst, dass du fies und böse und ein Vampir bist! Und du hängst hier kopfüber am Baum herum. Das ist gruselig!"

Die Fledermaus seufzte. „Ich habe nie gesagt, dass ich fies und böse bin. Ich habe gesagt gemein. Das ist etwas anderes. Bei Tieren nennt man das so. Gemein – das heißt bei Tieren so viel wie normal."

„Also bist du ein normaler Vampir", folgerte Max.

Die Fledermaus nickte. Weil sie immer noch kopfüber hing, sah das komisch aus. „Genau. Ein normaler Vampir. Und Vampir heiße ich nun mal. Das ist der Name für unsere Fledermausart."

Alle hielten die Luft an. Niemand wollte sich rühren. Denn keiner der Freunde traute der riesigen Fledermaus über den Weg. Weil niemand etwas sagte, ergriff die Fledermaus wieder das Wort. „Ich habe mitbekommen, dass ihr irgendwo hinfliegen wollt. Jetzt, bei Dunkelheit. Und das schafft ihr nicht, weil eure Augen zu schlecht sind."

„Meine Augen sind gut bei Nacht", protestierte Max.

Die Fledermaus musterte Max und lächelte. „Aber du kannst nicht fliegen. Wer ist euer Anführer?“

Alle zeigten auf Bodo. Bodo räusperte sich. „Äh – ja. Wir müssen zu einem großen Baum, wo die Menschen ein Haus gebaut haben.“

Die Fledermaus nickte wieder kopfüber und fragte: „Soll ich euch helfen? Meine Vampirfamilie wollte heute Nacht sowieso einen Ausflug machen. Wenn wir euch begleiten, können wir euch leiten.“

Hatte die Fledermaus eben Vampirfamilie gesagt? Linus war schon richtig schlecht. So nett diese Fledermaus auch war – umringt von gemeinen Vampiren bei Nacht im Dschungel? Das klang wie ein gruseliger Albtraum.

Plötzlich quietschte Max laut auf. Denn mit einem Schlag raschelte es rings um die Freunde. Überall um sie herum erschienen Schatten in den Bäumen. Immer mehr pelzige Gestalten hängten sich an die umliegenden Äste. Aus jedem Astloch schien eine weitere Fledermaus hervorzuflattern. Am Ende fühlte es sich an, als seien Hunderte gemeine Vampire um sie versammelt.

„Bitte, tut uns nichts!“, jammerte Bodo jetzt. Linus hörte an seiner Stimme, dass ihm angst und bange war.

Die Fledermaus lachte. Dann sagte sie: „Wir haben selten Gesellschaft, weil alle Angst vor uns haben. Wir freuen uns, wenn wir euch helfen können. Also: Wo soll es hingehen?“

Max war als erster überzeugt. „Ich glaube der Fledermaus. Kommt schon, das wird ein großartiges Abenteuer!“ Auch der kleine Stummelschwanz-Zwergtyrann war einverstanden. Sogar der Tukan nickte zustimmend. Schließlich ließen sich auch Bodo und Linus auf die Sache ein. Sie überzeugten Zito und seine Papageien, mithilfe der Fledermäuse den Flug durch die Dunkelheit zu wagen.

„Prima“, freute sich der gemeine Vampir. „Wir Fledermäuse sehen nicht nur gut, wie haben auch noch eine ganz besondere Art, uns zu orientieren.“

„Ich weiß!“, platzte Linus heraus. „Mit Echo, stimmt‘s?“

Die Fledermaus nickte. „Du hast gut aufgepasst in der Schule. Wir können Geräusche machen. Und diese Geräusche kommen dann wie ein Echo zu uns zurück. Dadurch wissen wir dann, wo Hindernisse sind.“

Bodo war beeindruckt. „Ich kann brüllen, soviel ich will – da kommt nie ein Echo.“

Die Fledermaus lachte. „Es wäre doch langweilig, wenn wir alle gleich wären.“

Da hatte die Fledermaus recht. Da sich nun alle einige waren, hüpfte nun der kleine Zwergtyrann ungeduldig auf seinem Ast hin und her: „Ich bin müde und eigentlich nicht nachtaktiv. Wenn wir nicht gleich losfliegen, schlafe ich ein. Also lasst uns bitte endlich aufbrechen!“

Alle waren einverstanden. Die Fledermäuse bildeten einen Kreis um die Papageien. Der kleine Zwergtyrann übernahm das Kommando. Er konnte zwar nicht viel sehen, aber er kannte noch die Richtung. „Dort entlang!“, quäkte er.

Wieder schnappten die Papageien Linus und Max und hoben die beiden hoch. Auch der Tukan folgte ihnen schlaftrunken. Nur Bodo saß noch auf dem Baum. „He, und was ist mit mir?“

Daran hatte niemand gedacht. Bodo war der Einzige, der nicht fliegen konnte. Und die Papageien konnten ihn auch nicht hochheben. Denn das hätte Bodo wehgetan. Er hatte kein T-Shirt, woran die Papageien ihn hätten festhalten können. Bodo beschwerte sich: „Ich werde euch verlieren im Dunkeln. Ihr fliegt davon, und ich muss ganz allein durch die Bäume springen!“

„Kein Problem“, sagte die Fledermaus. „Ich kann mich mit den anderen Fledermäusen sehr gut verständigen. Drei von uns werden dich durch den Wald begleiten. Die anderen können euch zurufen, wo du entlangspringen musst.“

Das war für Bodo in Ordnung. Endlich konnte es losgehen. Wie blind flatterten die Papageien mit Linus und Max dem Zwergtyrannen und den Fledermäusen hinterher. Wie durch eine Geisterbahn ging es im Zickzackkurs auf und ab quer durch den Urwald. Doch plötzlich machten alle eine Vollbremsung.

„Stopp!“, quakte der Zwergtyrann. „Hinsetzen!“, kommandierte er. Alle ließen sich auf dem großen Baum nieder, zwischen dessen Ästen sie gerade hindurchgeflogen waren.

„Was ist?“, rief der Tukan.

Linus sah nach unten. Zwischen den Ästen hindurch konnte er Licht erkennen. Da war eine Hütte. Sie waren am Ziel! Gerade wollte er „Juhu“, rufen. Da fiel ihm ein, dass er leise sein sollte. Doch als er sah, was sich dort unten im Lichtschein bewegte, musste er sich die Hand vor den Mund drücken. „Der Jaguar!“, flüsterte er aufgeregt zwischen seinen Fingern hervor. „Dort unten schleicht ein Jaguar um das Haus!“

# DIE LANDKARTE

Linus hielt den Atem an. Doch den anderen war der Jaguar, der dort unten um das Haus spazierte, egal.

„Hier oben sind wir sicher“, sagte Zito.

„Aber dort unten sind Menschen!“, beharrte Linus. „Das ist doch gefährlich für diese Leute!“

Der kleine Tyrann spähte nach unten. Dann schüttelte er sich. „Ist es nicht. Das Haus unter uns ist eingezäunt. Der Jaguar ist in dem Zaun gefangen. Er gehört dort hin.“

Linus war verwirrt. Warum hatten die Menschen einen Jaguar gefangen?

„Wahrscheinlich war er verletzt. Bestimmt ist das eines der Häuser von dem Tierkrankenhaus“, stellte der Tukan fest.

Linus war erleichtert. Er hatte sich auch Sorgen wegen Bodo gemacht, der immer noch allein mit den drei Fledermäusen im dunklen Wald unterwegs war. Sie waren noch nicht hier. Linus hatte befürchtet, dass er auf den Jaguar treffen könnte. Aber seine Sorge war unbegründet. Denn in diesem Augenblick sprang Bodo mit einem Satz auf einen nahe gelegenen Ast. „Geschafft!“, freute er sich.

Der gemeine Vampir nickte zufrieden. „Seht ihr, alle sind heil angekommen. Wir Fledermäuse schwärmen jetzt aus. Die Nacht ist noch jung."

Bodo bedankte sich. Die Fledermäuse flatterten hinaus in die warme und feuchte Nacht. Die Papageien beschlossen, jetzt eine Pause einzulegen und steckten die Köpfe in die Federn. Der Tukan gähnte heftig und tat dasselbe. Der kleine Zwerg-Tyrann suchte sich ein Astloch. „Ich werde hier übernachten und morgen zurückfliegen", sagte er. „Gute Nacht!"

Bodo, Max und Linus waren die einzigen, die nicht auf dem Baum schlafen konnten. Denn hier war kein altes und bequemes Nest. Sie konnten es sich nicht bequem machen. Sie mussten wach bleiben, um nicht herunterzufallen. Linus war zwar sehr müde, aber er war auch sehr aufgeregt. Genau wie Bodo. Am liebsten wäre er einfach direkt von dem Baum heruntergesprungen. Dann würde er in der Tierstation nach Bodos Familie suchen. Und vielleicht gab es dort unten auch etwas Gutes zum Essen? Linus hatte zwar hin und wieder einige Beeren verspeist. Aber gegen eine Bratwurst, Pommes frites und ein Eis am Stiel hätte er jetzt auch nichts einzuwenden gehabt.

„Ob die Leute dort unten einen Kühlschrank haben?", überlegte Linus laut.

Bodo sprang näher an ihn heran. „Oh je", sagte er. „Du Armer. Ich habe völlig vergessen, dass du auch etwas anderes zum Essen brauchst als wir Tiere." Er überlegte kurz. Dann sagte er mit fester Stimme: „Ich werde dir etwas holen gehen!" Linus riss die Augen auf. „Jetzt? Im Dunkeln? Wie willst du das anstellen?"

Bodo winkte ab. „Lass mich nur machen. Ich bin sowieso furchtbar aufgeregt. Schlafen können wir hier nicht. Dann kann ich auch nach unten in das Lager der Menschen gehen und dir etwas zu essen besorgen."

„Aber der Jaguar?", sagte Linus.

Max, der sich normalerweise in solche Diskussionen immer einmischte, sagte nichts. Er war auf Linus' Schulter eingeschlafen.

„Keine Angst, der ist eingezäunt. Das Haus ist ein Tierhaus. Ich kenne so etwas. Die Menschen wohnen in einem anderen Gebäude. Das kann nicht weit weg sein. Ich gehe es suchen." Linus wollte das nicht. „Bodo, nein!", flüsterte er. Aber Bodo war schon abwärts geklettert und unter den Blättern verschwunden.

Besorgt beobachtete Linus den Jaguar. Er wanderte immer noch um das kleine Haus. Am liebsten wäre Linus Bodo einfach gefolgt. Aber im Dunkeln zu klettern, das traute Linus sich nicht. Widerwillig blieb er also sitzen und wartete gespannt.

Plötzlich sah er, wie der Jaguar ganz stillstand. Er schien etwas zu beobachten. Wahrscheinlich war Bodo eben an dem Zaun vorbeigelaufen. Sicher würde Bodo nicht nur nach etwas zu essen suchen. Er würde auch nach den Affen sehen. Linus hoffte von ganzem Herzen, dass Bodo sie finden würde. Als Linus über Bodo und seine Familie nachdachte, fielen ihm auch seine Mama und sein Papa ein. Ob sie ihn wohl schon vermissten? Linus vermisste seine Eltern sehr. Vor allem jetzt – allein im Dunkeln auf einem Baum im Dschungel. Wie gern wäre er jetzt einfach zu Mama und Papa ins Bett gekrochen.

Linus lauschte. Im Blätterdach regte sich an allen Ecken irgendetwas. Ein Rascheln, ein Fiepen, ein Schnarren. Er hatte sich inzwischen schon daran gewöhnt. Trotzdem war er froh, im Notfall die Papageien und den Tukan um sich zu haben. Sie kannten sich hier besser aus. Im Notfall wussten sie, was zu tun war.

Plötzlich hörte Linus laute Stimmen. „He!", tönte es von unten herauf.

Dann tauchte mit einem großen Satz Bodo aus der Dunkelheit wieder auf. Er war völlig aus der Puste und hielt Linus etwas entgegen. „Bitteschön", keuchte er. „Bananen. Mehr konnte ich nicht ergattern."

Linus nahm die Bananen und merkte, dass er furchtbar Hunger hatte. „Haben die Menschen dich erwischt?"

Bodo nickte. „Hast du es denn nicht gehört? Zwei von ihnen sind mir nachgelaufen. Aber ich war schneller!“

Linus schlang die Banane hinunter und schälte gleich die zweite. „Hast du auch die Affen gesehen?“, fragte er kauend.

„Nein“, sagte Bodo. „Aber ich werde nachher noch einmal nachsehen gehen. Sobald die Leute da unten wieder schlafen.“

Es dauerte eine Weile, bis unten im Lager wieder Ruhe eingekehrt war. Als Bodo sich sicher war, dass alle schliefen, machte er sich noch einmal auf den Weg.

„Fall mir bloß nicht vom Baum!“, sagte er streng zu Linus. Linus versprach, sehr vorsichtig zu sein. Dann verschwand Bodo erneut in der Dunkelheit.

Wenige Augenblicke später stürmte plötzlich ein kleines Tier an Linus vorbei in die Baumkrone. Mit lautem Rascheln hockte es sich ein wenig oberhalb von Linus auf einen Ast. Von dem Lärm wurde Zito wach. „He!“, krächzte er. „Wir schlafen hier!“

Linus konnte das Tier nicht genau erkennen. Aber es sah aus wie ein kleiner Affe.

„Bartos?“, krächzte Zito. „Was machst du denn hier?“

Jetzt erkannte Linus den kleinen Affen. Er hangelte sich eben zu ihm herunter und setzte sich direkt neben ihn. „Hallo Linus! Toll, dass ich euch gefunden habe!"

Der Tukan hob schlaftrunken den Schnabel. „Wer? Wer ist da?"

Linus war erleichtert. Ein bekanntes Gesicht. Das machte das Warten auf Bodo einfacher. „Hallo Bartos! Schön, dich zu sehen!"

Der Tukan kam neugierig angeflattert. „Ihr kennt euch?"

Linus stellte die beiden einander vor. Der Tukan war begeistert, jetzt noch mehr neue Freunde gefunden zu haben. Auch Max war wieder wach geworden. Bartos hielt etwas in seiner kleinen Affenhand. Er streckte es Linus entgegen. Es war ein zusammengefaltetes Stück Papier. „Schau, was ich gefunden habe!"

Linus nahm das Papier und faltete es auseinander. „Eine Landkarte!", staunte er. „Woher hast du die?"

Bartos kringelte seinen Schwanz und richtete sich auf. „Die habe ich den Menschen geklaut. Eine Landkarte ist sicher hilfreich bei eurer Suche."

Linus war nicht sicher, ob eine Landkarte ihnen helfen konnte. Er hatte noch nie eine Landkarte benutzt. Und Bodo sicher auch nicht.

„Ich kenne mich damit nicht aus", sagte er betrübt. „Ich kann zwar lesen, aber eine Landkarte vom Dschungel ist für mich zu schwierig."

Bartos seufzte. Dann riss er Linus die Karte aus der Hand. Er drehte sie von einer Seite zur anderen. Dann zeigte er auf eine blaue Linie. „Hier: Das ist der Fluss. Siehst du?"

Linus betrachtete die Landkarte. Die blaue Linie sah wirklich aus, wie ein Fluss.

Bartos zeigte auf ein kleines gemaltes Haus. „Und hier, das ist das Lager. Wir sind genau hier!"

Linus überlegte. Er erinnerte sich an die Landkarte, die zuhause bei Papa im Arbeitszimmer an der Wand hing. Dann sagte er: „Vielleicht können wir damit tatsächlich etwas anfangen ..."

# EIN NEUES ZIEL

Linus betrachtete die Karte. Dann entdeckte er die Brücke auf der Karte. „Du hast recht! Hier ist auch die Brücke eingezeichnet! Und dort – was ist das da, diese rote Fläche?" Etwas weiter hinter dem eingezeichneten Haus war ein großer Teil der Landkarte rot angemalt. Bartos machte ein trauriges Gesicht. „Das ist bestimmt das Feuer", sagte er. „Dort hat es gebrannt."

Linus nickte. „Bestimmt ist deshalb hier auch die Rettungsstation für Tiere. Damit sie schnell versorgt werden können." Linus zeigte Bartos den Jaguar, der unter ihnen inzwischen schlafend auf dem Boden lag. Da kam ihm eine Idee. Schnell blickte er wieder auf die Landkarte.

„Was suchst du?", wollte Bartos wissen.

Linus antwortete nicht, sondern glitt mit dem Finger über das Papier. Plötzlich hielt er inne. „Ich hab's!"

Bartos hüpfte direkt neben ihn. „Was? Was hast du?"

Linus zeigte auf eine Stelle jenseits der roten Fläche. „Da, siehst du das?"

„Was?", fragte Bartos.

Auch Max wurde ungeduldig. „Jetzt sag schon!“, quietschte er genervt.

Linus lächelte. „Genau da, an dieser Stelle, ist noch ein Haus eingezeichnet.“ Er tippte auf die Karte. „Da steht auch etwas dabei.“

„Lies schon vor!“, drängelte Bartos.

„Da steht: Affenstation.“ Bartos riss die Augen auf. „Volltreffer!“, rief er.

Linus nickte. „Selbst, wenn Bodo hier seine Familie nicht findet – vielleicht entdecken wir sie dort in der Affenstation. Wir müssen nur weiter dem Fluss folgen. Dann können wir um das große Feuer herumgehen und landen automatisch dort.“

Bartos überlegte. „Aber wenn Bodos Eltern ganz woanders im Dschungel unterwegs sind?“

Linus winkte ab. „So viele Tiere haben sich bereit erklärt, Bodo zu helfen. Du und deine Affen, die Papageien, die Wasserschweine. Unsere stille Post wird funktionieren. Ich glaube, sobald jemand Bodos Familie entdeckt, wird uns jemand Bescheid sagen.“

Im Blätterdach wurde es derweil immer lauter. „Es wird bald

hell“, stellte Bartos fest. „Die Vögel und die Affen wachen auf. Was habt ihr jetzt also vor?“

Linus zuckte mit den Schultern. „Wenn Bodo wieder hier ist, werden wir wissen, ob er seine Familie dort unten gefunden hat. Wenn nicht, werden wir uns an die Landkarte halten.“

Bartos hatte sich mit seinen anderen Affen bereits in einem großen Bereich des hinter ihnen liegenden Waldes umgehört. Bisher hatte niemand etwas über Bodos Familie in Erfahrung bringen können. Eben bot er Linus an, mit den anderen Affen schon jetzt ein Stück vorauszueilen. Da kam Bodo zurück. Er sah traurig aus.

„Bodo, was ist?“, fragte Linus besorgt.

Bodo fing an zu weinen.

Linus streichelte ihm über das Fell. „War deine Familie nicht dort unten?“

Bodo schüttelte traurig den Kopf. „Es waren keine Brüllaffen. Es waren Spinnenaffen.“

Von Spinnenaffen hatte Linus noch nie gehört. Aber er traute sich nicht zu fragen. Bodo war so furchtbar traurig – Linus musste ihn erst trösten.

Als er sich etwas beruhigt hatte, sagte er: „Die Spinnenaffen waren sehr nett. Aber sie sagen, dass sie schon ihr ganzes Leben dort unten wohnen. Sie haben noch nicht einmal etwas von dem Feuer mitbekommen. Und kennen auch keine anderen Affen."

Bartos nickte. „Das ist klar. Spinnenaffen gibt es fast keine mehr. Wahrscheinlich ist das hier keine Rettungsstation, sondern so ein Menschenlager, wo sie bedrohte Tierarten züchten. Die dürfen dann erst später allein im Dschungel herumhüpfen. Also haben sie keine Ahnung, was da gerade los ist. Und sie können keine Tipps geben."

Als Bodo direkt wieder in Tränen ausbrach, zückte Linus die Landkarte: „Bodo, schau! Wir haben auf der Landkarte ein Haus gefunden. Das ist die richtige Affenrettungsstation. Dort gehen wir hin!"

Bodo konnte sich ein begeistertes Brüllen nicht verkneifen. Er riss Linus die Karte aus der Hand. Aber er konnte nichts damit anfangen. Er hatte noch nie eine Landkarte gelesen.

Linus erklärte ihm, was sie herausgefunden hatten. „Wir könnten einen Boten vorausschicken." Er wandte sich an den Tukan. „Hast du Lust, vorauszufliegen? Dann könntest du uns sagen, ob Bodos Familie dort ist?"

Der Tukan wich zurück und winkte abwehrend ab. „Ich?

Ganz allein? Niemals! Ich verfliege mich bestimmt. Und dann bin ich wieder allein. Kommt nicht infrage! Jetzt, wo ich gerade erst neue Freunde gefunden habe. Sollen doch die Papageien vorausfliegen! Die sind viele."

Linus rief nach Zito. Er kam angeflattert und ließ sich bereitwillig die Sachlage erklären. Er war einverstanden, einen Suchtrupp vorauszuschicken. Er trommelte sechs seiner Papageien herbei. Sie sollten am Fluss entlang vorausfliegen und in der Affenstation nach den Brüllaffen suchen. „Dann fliegt ihr zurück", sagte er. „Ihr werdet irgendjemanden von uns treffen. Wir bewegen uns weiter gemächlich hier unten in diese Richtung. Auf dieser Seite des Flusses sind wir auch sicher vor dem Feuer. Ruft einfach laut, wenn ihr zurückfliegt. Dann wissen wir schnell Bescheid über die Brüllaffen."
„Brüllaffen! Brüllaffen!", riefen die Papageien im Chor. Dann flatterten sie los.

Auch der kleine Tyrann verabschiedete sich. „Ich muss zurück zu meinem Baum bei der Brücke. Viel Glück, Bodo!", quakte er noch, dann verschwand er zwischen den Baumkronen. Bartos machte sich mit seiner Herde in die umliegenden Baumwipfel auf.

Auch Linus, Bodo und Max machten sich auf den Weg. Der Tukan hatte ein schlechtes Gewissen, weil er sich geweigert hatte, vorauszufliegen. Jetzt flatterte er stumm von Ast zu Ast hinter den Freunden her.

„Was hat er denn?“, flüsterte Max Linus ins Ohr.

„Keine Ahnung“, sagte Linus. „Es ist komisch, dass er so still ist.“

Eine Weile hangelten sich alle wortlos von Baum zu Baum. Vor allem Bodo und Linus waren sehr müde. Sie hatten schließlich die ganze Nacht über nicht geschlafen. Ab und zu entdeckte Bodo einige Beeren und genießbare Blätter. Als es immer heißer wurde, machten sie Rast.

„Hier ist ein guter Platz“, sagte Bodo. Er zeigte auf einen breiten Baumstamm, der sehr schräg gewachsen war. „Da haben wir alles im Blick und können nebeneinander gut sitzen.“ Sie machten es sich bequem.

„Komm her“, rief Linus dem Tukan zu. „Wir machen eine Pause.“

Der Tukan saß reglos einige Meter entfernt und guckte ernst. Dann sagte er: „Nein. Ich bin ein schlechter Vogel. Kein Wunder will niemand mein Freund sein.“

Linus erschrak. „Wie kommst du denn darauf?“

Der Tukan guckte finster. „Ich habe mich vorhin geweigert, euch zu helfen. Ich habe nur an mich gedacht. Ich schäme mich. Ich bin zu nichts nütze. Ich habe nur einen schönen Schnabel, mehr nicht.“

Bodo sprang erschrocken auf und hüpfte zum Tukan. „Quatsch!“, brüllte er. „Du hattest völlig recht. Du wärst allein gewesen. Es ist viel besser, dass die Papageien das übernehmen. Du bist ein guter Vogel!“

Der Tukan wandte sich ab. „Nein. Ich habe nur an mich gedacht. Ich will aber auch einmal an andere denken. Ich fliege jetzt auch voraus. Allein.“

Bodo schüttelte den Kopf. „Das brauchst du doch nicht. Du bist hier bei uns herzlich willkommen. Erzähl uns noch einen Witz! Es ist schön, wenn du redest. Sonst ist es so still.“ Der Tukan schüttelte den riesigen Schnabel. „Ich werde gehen. Ich will mich nützlich machen. Da könnt ihr sagen was ihr wollt!“

Bodo wollte ihn aufhalten, aber es war zu spät. Flink schwang sich der Tukan von seinem Ast und verschwand zwischen den dichten Blättern.

# ABGESCHNITTEN

Bodo seufzte. „Ich weiß nicht, was der Tukan jetzt machen will", sagte er.

Linus zuckte mit den Schultern. „Ich weiß nicht. Vielleicht hilft er einfach mit, indem er andere Tukane nach deiner Familie fragt."

Bodo nickte und gähnte herzhaft. „Ich bin so müde!"

Linus streckte sich. „Ich auch. Gut, dass wir eine Pause machen. Die ist dringend nötig." Er legte sich auf den Rücken und betrachtete das Blätterdach des Regenwalds. Er lauschte dem Zirpen und Summen der Vögel und Insekten. Langsam verschwamm das Grün der Blätter vor seinen Augen. Er dachte an die Wiese zu Hause hinter dem Haus. Er dachte an Papa, wie er mit ihm darauf Fußball spielte. Ihm fielen die kleinen Meerschweinchen seiner Freundin Sofie wieder ein. Für die pflückten sie auf der grünen Wiese immer Löwenzahn. Dann dachte er an die Wasserschweine. Was die wohl gerade machten? Ob sie noch einmal Nachricht von ihnen bekommen würden? Und mit einem Mal dachte er überhaupt nichts mehr. Linus war vor Erschöpfung auf dem Baumstamm eingeschlafen.

„Wacht auf! Schnell! Aufwachen! Aufwachen!" Die Stimme des Tukans kreischte in Linus Ohr. Auch Bodo war in Schlaf gesunken und Max sonnte sich. Als der Tukan schreiend heranflatterte, stand die Sonne bereits tief.

„Ach herrje!“, seufzte Bodo. „Wir haben fast den ganzen Tag verschlafen! So ein Mist!“ Er schüttelte sich.

Da kreischte wieder der Tukan: „Das Feuer! Es ist über den Fluss gesprungen!“

Bodo riss die Augen auf. „Was? Wie ist das passiert?“

Der Tukan flatterte aufgeregt um die verschlafenen Freunde herum. Dabei zeigte er immer wieder in die Richtung, aus der er gekommen war. „Wir sind vom Weg abgeschnitten! Die Papageien mussten ausweichen! Zwei von ihnen sind zurückgeflogen, um uns zu warnen. Aber als ich sie getroffen habe, konnte ich es selbst schon sehen. Seht, da vorne!“

Linus und Bodo berappelten sich, Max kletterte auf Linus‘ Schulter und sie stiegen an einem dünnen Baum nach oben, der direkt neben dem umgeknickten Baumstamm wuchs.
„Da! Da!“, schrie der Tukan.

Tatsächlich: Linus konnte das Feuer sehen. Zuerst erkannte er nur schwarze Rauchschwaden, die vereinzelt zwischen den Bäumen hervorquollen. Aber gleich darauf entdeckte er auch das Licht der Flammen. Immer wieder züngelten sie einzeln empor. Es schien noch ein gutes Stück weit weg zu sein. Aber sie waren keine Vögel, sie waren sehr langsam. Linus hatte plötzlich wieder Angst.

Nun hörten sie auch die Aufregung, die sich in den umliegenden Bäumen breit machte. Überall flatterte und wuselte etwas, alle stoben in dieselbe Richtung: Weg vom Feuer.

„Wir müssen umkehren!", stellte Bodo fest. „Wir können dem nicht ausweichen."

Linus sagte nichts. Es fühlte sich an, als läge ihm ein großer Stein im Magen. Und auf dem Herzen. War alle Mühe umsonst? Mussten sie wirklich umkehren? Linus standen die Tränen in den Augen.

Der Tukan landete neben den beiden. „Die Papageien haben einen Umweg gewählt. Sie können jetzt nicht mehr entlang des Flusses fliegen. Aber die umgehen das Feuer und hoffen, dass sie trotzdem den Weg zu der Affenstation finden."

Bodo war niedergeschlagen. „Aber wir können das Feuer nicht so einfach umgehen. Die Flammen könnten sich zu schnell ausbreiten. Dann stecken wir irgendwo im Dschungel fest und erreichen nie diese Station. Ich weiß nicht mehr weiter."

Max hatte zugehört. Jetzt krabbelte er von Linus Schulter herunter auf seine Hand und machte ein trotziges Krokodilgesicht. „Wir lassen uns nicht unterkriegen!", befahl er. „Du wirst doch jetzt nicht aufgeben, Bodo?“

Bodo weinte. „Ich weiß aber nicht weiter!“, schluchzte er.

Max guckte streng. „Das erlaube ich nicht. Wir finden eine Lösung!“ Er wandte sich an Linus: „Linus, du bist ein Mensch. Jetzt kannst du dich endlich auch einmal nützlich machen!“ Linus hatte keine Ahnung, was Max damit meinte.

Max fuhr fort: „Hinter uns liegt doch dieses andere Menschenlager. Da gehst du jetzt hin!“

Linus erschrak. „Was? Nein! Was soll ich denn da?“

Max grinste ein kleines Krokodilgrinsen. „Menschen im Regenwald haben Autos. Du wirst ihnen sagen, dass sie uns im Auto dorthin fahren sollen.“

Linus blieb die Spucke weg. „Was? Nein!“, wiederholte er. Nie im Leben würde er zu fremden Menschen gehen und sie um so etwas bitten! Zumal er deren Sprache überhaupt nicht verstand.

Aber Bodo horchte auf. „Das ist eine gute Idee, Max!“

Linus protestierte. „Ihr habt doch selbst gesagt, dass die Menschen einen kleinen Jungen niemals allein im Regenwald lassen. Dann behalten sie mich vielleicht einfach!“

Der Tukan schüttelte den Schnabel. „Nein. Du sagst einfach, dass deine Eltern in der anderen Station sind. Und dass sie dich bitte dort hinfahren sollen. Du musst dich beeilen. Womöglich müssen sie sowieso weg. Die Station ist schließlich auch vom Feuer bedroht. Vielleicht schaffen sie inzwischen schon alle ihre Tiere weg."

Linus war dagegen. Er wollte nicht zu Fremden gehen. Aber der Tukan ermahnte ihn: „Linus: Du bist genau für solche Fälle hier. Du schaffst das!"

Immer mehr Tiere huschten an ihnen vorbei. Linus machte sich Sorgen um Bartos und den kleinen Tyrannen. Ob sie rechtzeitig das Weite suchen könnten? Und ob sie und die Papageien sich und Zito einander wiederfinden würden? Die Tierstation war die einzige Möglichkeit. Nur dort würden sie sich alle wiedertreffen können. Linus wurde klar, dass ihm keine Wahl blieb. Er ballte die Fäuste und zog entschlossen die Augenbrauen zusammen. „Okay", sagte er. „Ich mache das. Bodo – komm. Wir gehen zu den Menschen."

Entschlossen glitt Linus von dem Baumstamm und sprang mit einem Satz auf den feuchten Waldboden. Bodo sah besorgt aus. Aber er sprang hinterher.

„Linus, wir haben zu lange geschlafen. Es wird bald wieder dunkel. Sollten wir nicht bis morgen warten?"

Linus schüttelte den Kopf. „Nein. Wir sind sowieso nicht oben in einem sicheren Versteck für die Nacht. Lass und sofort losgehen. Das schaffen wir." Linus glaubte selbst nicht so recht an das, was er da sagte. Aber irgendwie hatte er das Gefühl, dass alles gut ausgehen würde. „Halt! Nehmt mich mit!", quakte Max. „Mich auch!", schrie der Tukan.

Linus und Bodo warteten auf die beiden.

Bodo zeigte in die Richtung, in die sie gehen mussten. „Tukan, jetzt kannst du wieder helfen. Flieg voraus. Immer nur ein Stückchen. Such uns Bäume mit passenden Lianen. Dann müssen wir nicht hier unten herumlaufen. Ich habe keine Lust, einer Bananenspinne oder einer Gewehrkugelameise zu begegnen. Und falls ein Jaguar herumschleicht, dann warne uns bitte rechtzeitig."

Der Tukan nickte heftig. „Wird erledigt!" Er flatterte los.

Max hatte sich wieder auf Linus' Schulter gesetzt und krallte sich am T-Shirt fest. „Kann losgehen", rief er. „Macht schnell. Ich kann mit meinen Krokodilaugen zwar auch bei Nacht gut sehen. Aber euch wird das nicht allzu viel helfen. Wir haben nicht mehr viel Zeit.

# DAS MERKWÜRDIGE WILDSCHWEIN

Jetzt merkte Linus, dass er kein echter Regenwaldbewohner war. Sie hetzten durch das Dickicht aus riesigen Bäumen, Blättern, Ästen und Ranken. Obwohl der Tukan ihnen immer wieder gute Lianen zeigte, an denen sie einige Meter weit schwingen konnten, war Linus inzwischen überall zerkratzt: Seine Arme und Beine und sogar sein Gesicht waren mit Schrammen übersät. Ab und zu spürte Linus, wie ein Moskito auf ihm landete.

„Ich kann nicht mehr", keuchte er nach einer Weile. „Ich brauche eine Pause!" Linus beugte sich erschöpft vornüber und stützte sich mit den Händen auf seinen Knien ab.

Bodo blieb stehen und sah sich um. „Kannst du nicht noch ein kleines bisschen weiter? Hier ist kein guter Platz für eine Pause."

Aber Linus konnte nicht. Er schnaufte und schwitzte fürchterlich.

„Was macht ihr denn da?" Die Stimme, die aus dem Dickicht zu den Freunden drang, war ihnen nicht bekannt. Bodo zuckte zusammen. Er sah sich um, aber er konnte nichts entdecken.

„Wer will das wissen?“, fragte er mutig. Aber Linus konnte an Bodos Stimme hören, dass er am liebsten davongelaufen wäre.

Da raschelte es. Aus dem Blattwerk direkt vor ihnen schlüpfte ein – Schwein? Nein. Das war kein Schwein. Es sah zwar im ersten Moment so aus wie eine Art Wildschwein. Aber die Nase des Tiers war für ein Schwein viel zu lang. Wie ein hängender Stummel baumelte der kurze Rüssel im Gesicht des Tieres, das gut und gerne so lang war, wie Linus groß. Sein kurzes Fell war braun. Es schaute die Freunde fragend an.

„Ein Mensch mitten im Dschungel? Hast du dich verlaufen? Gehörst du etwa zu den Leuten, die da vorne in der Tierstation gerade ihre Koffer packen?“

Linus riss die Augen auf und sah Bodo verzweifelt an. Die Menschen packten die Koffer? Sie würden zu spät kommen! Am Ende waren alle weg, bis sie die Station erreicht hatten?

Bodos anfängliche Angst war einem entspannten Gesichtsausdruck gewichen.

„Ah“, sagte er. „Hallo, Tapir.“

Tapir? Kannte Bodo dieses merkwürdige Wildschwein etwa?

Das Tier, das Bodo eben Tapir genannt hatte, kam einige Schritte auf die beiden zu. „Wohin geht ihr? Alle flüchten vor dem Feuer. Warum geht ihr noch in diese Richtung? Das wird bald ungemütlich."

Bodo erklärte dem merkwürdigen Wildschwein kurz seine Geschichte und ihren Plan. „Wir hoffen, dass Linus die Menschen dazu bringt, uns im Auto zu der Affenstation auf der anderen Seite der brennenden Fläche mitzunehmen."

Das merkwürdige Wildschwein überlegte. Es musterte Linus, der immer noch schnaufte und ziemlich erschöpft aussah. Dann rollte es mit den Augen. „Ich habe einfach ein zu weiches Herz", sagte es schließlich. „Ich könnte euch anbieten, Linus auf den Rücken zu nehmen. Das schaffe ich. Der kleine Kerl da wiegt bestimmt nicht viel. Dann seid ihr schneller."

Plötzlich hüpfte Max auf Linus' Schulter auf und ab. „Auf einem Schwein reiten? Wie cool! Ich kenne kein Krokodil, das je auf einem Schwein geritten ist!"

Das merkwürdige Wildschwein sah Max ärgerlich an. „Ein Schwein? Ich bin kein Schwein!", knurrte es wütend. „Du winzig kleines Krokodil hast noch nicht viel Ahnung von den Tieren, die außerhalb von eurem Fluss leben, was?"

Max wurde kleinlaut. Linus war insgeheim froh, dass er seine Vermutung mit dem merkwürdigen Wildschwein nicht laut ausgesprochen hatte. Das Tier, das Bodo vorhin „Tapir" genannt hatte, kam noch etwas näher. Es baute sich vor Linus auf und starrte Max durchdringend an. „Ich bin ein Tapir! Merk dir das, du winziges Schlauberger-Krokodil.“

Max rutschte ein Stückchen rückwärts und versteckte sich hinter Linus‘ Hals. Er nickte. „Tapir. Ja, okay. Tapir. Ein Tapir. Kein Schwein. Ich verspreche, es mir zu merken.“

Der Tapir nickte zufrieden. „Gut. Wiederhole: Tapir!“

„Tapir!“, wiederholte Max brav. Offenbar hatte der Tapir den vorlauten Max mit seinem finsteren Blick sehr eingeschüchtert.

Von Nahem bemerkte Linus, dass der Tapir tatsächlich gar nicht so sehr aussah, wie ein Wildschwein. Das war nur von Weitem so gewesen. Aus der Nähe betrachtet wirkte der Tapir wie eine Mischung aus mehreren Tieren. Ein bisschen Schwein, ein bisschen, Pferd, ein bisschen …? Linus konnte es nicht einordnen. Aber ehe er weiter überlegen konnte, sagte der Tapir: „Los jetzt. Wenn ich euch helfen soll, dann muss das sofort sein. Ich bin zwar gutmütig, aber ich bringe mich nicht gerne in Lebensgefahr. Es ist gleich dunkel. Brechen wir auf.“

Bodo stimmte zu und schwang sich auf den nächsten Baum.

„Steig auf!“, befahlt der Tapir und drehte Linus sein Hinterteil zu. „Los! Überlege nicht so lange!“

Linus zögerte nicht. Er schwang sich einfach den Rücken des Tapirs, der sich sofort in Bewegung setzte.

Linus musste lachen. „Haha! Da wackelt ja alles!“ Linus wurde so sehr durchgeschüttelt, dass er sich kaum halten konnte. Der Tapir trabte im Galopp durch den Dschungel. Linus fühlte sich wie beim Rodeo-Reiten.

„Wie cool“, kreischte Max in Linus‘ Ohr. „Ein Krokodil reitet auf einem Tapir! Das muss ich meiner ganzen Familie erzählen!“ Linus klammerte sich am Hals des Tapirs fest und Max an Linus‘ T-Shirt. Obwohl Linus alle Mühe hatte, sich zu halten, fragte er Max: „Deiner Familie? Ich dachte, du willst nie wieder zurück?“

Max antwortete nicht. Linus lächelte. Wahrscheinlich vermisste Max eben doch seine Krokodile im Fluss. Er war nur zu trotzig, das zuzugeben.

Auch der Tukan hatte die Truppe wieder gefunden. „Ein Mensch und ein Krokodil auf einem Tapir – so etwas habe ich noch nie gesehen! Das glaubt mir keiner, wenn ich das erzähle!“, krächzte er von oben.

Und plötzlich war es wieder dunkel. Wieder war es so schnell gegangen, als hätte jemand auf einen Schalter gedrückt.

„Mist“, schnaufte der Tapir. „Ich war zu langsam.“

Linus kniff die Augen zusammen. Er konnte nur noch schemenhaft die Umrisse der Blätter und Äste erkennen.

Da kreischte der Tukan: „Da! Wir sind da!“

Tatsächlich, zwischen dem Dickicht leuchtete etwas. Das war das Licht der Menschen. Es war noch jemand da! Gott sei Dank!

Der Tapir legte noch einmal einen Zahn zu. Bodo kam durch die Bäume kaum noch hinterher. Mit Vollgas stürmten sie durch den Blätterwald, bis der Tapir plötzlich eine Vollbremsung machte. Darauf war Linus nicht vorbereitet gewesen. Er konnte sich nicht mehr halten, polterte vornüber vom Rücken des Tapirs herunter und landete mitten in einem Ameisenhaufen!

# WIEDERSEHENSFREUDE

„Ameisen! Ameisen! Renn, Linus, renn!“, schrie Bodo. Ehe Linus reagieren konnte spürte er auch schon, wie einige Ameisen in seine Hosenbeine krabbelten. Panisch sprang er auf.

„Zieh dich aus! Zieh dich aus!“, kreischte der Tukan. Der Tapir fackelte nicht lange. Mit Anlauf stürmte er auf Linus und der Ameisenhaufen zu und schubste Linus mit Wucht herunter. Linus riss sich die nassgeschwitzten Kleider mitsamt dem armen Max vom Leib und zappelte wie verrückt. Der Tukan war vor ihm gelandet und wedelte aufgeregt mit den Flügeln. Mit seinen Federn streifte er hastig die Ameisen von Linus Körper ab. „Spring drauf!“, befahl der Tapir. Ohne nachzudenken, sprang Linus mit einem Satz auf den Rücken des Tapirs. Der Tapir galoppierte einige Meter weiter, bis sie an dem Zaun standen, hinter dem der Jaguar heute Morgen noch geschlafen hatte.

„Das war knapp“, seufzte der Tapir.

„Aber es waren keine Gewehrkugelameisen“, beruhigte Bodo. Der Tukan hatte Linus Kleider und den verwirrten Max eingesammelt, der von der mitsamt Linus‘ T-Shirt auf dem Boden gelandet war. „Hier, du kannst dich wieder anziehen.“

Linus saß der Schreck noch in den Gliedern. Zitternd schlüpfte er in sein T-Shirt und in seine Hose.

Der Tukan sah nach oben. Dann zeigte er vom Menschenlager weg in Richtung des Waldes. „Da, sehr ihr das?“

Die Freunde sahen es. Dort war es hell. Das war das Feuer. Es musste inzwischen riesig sein. Denn durch die dichten Blätter im Dschungel dran normalerweise nur wenig Licht.

„Es kommt näher“, stellte Bodo traurig fest.

Der Tapir nickte. „Ja. Deshalb musst du jetzt schnell sein, Linus. Schaffst du das?“

Linus atmete tief ein. Ja, er schaffte das. Für sich, für Bodo und für all die anderen Tiere, die noch gerettet werden mussten. Er würde das jetzt durchziehen.

„Ich gehe los. Ihr wartet hier!“, befahl er streng.

„Kommt nicht infrage!“, schimpfte Bodo. „Ich begleite dich!“
„Und ich sowieso!“, bestimmte Max und krallte sich auf Linus‘ Schulter fest.

Linus war froh, dass Bodo ihn nicht allein gehen lassen wollte. Der Tapir und der Tukan begleiteten die beiden noch ein Stück, bis sie hinter einer der Hütten standen. Im Schein der Lampen sahen sie, wie einige Menschen nervös auf und ab gingen. Sie trugen Kisten und Käfige durch die Gegend. Und auf der anderen Seite der Lichtung standen drei große

Autos. Gott sei Dank! Sie hatten noch eine Chance!

Linus nahm Bodo bei der Hand. „Jetzt oder nie“, sagte er mit fester Stimme. Dann betraten sie den Platz vor dem Haus.

Der erste Mensch, der die beiden bemerkte, trug eine lange grüne Hose und ein gelbes T-Shirt. Er war offenbar in etwa so alt, wie Linus‘ Papa. Er hatte einen Vollbart und einen Strohhut auf dem Kopf. Als er Linus und Bodo entdeckt hatte, blieb er wie angewurzelt stehen. Dann rannte er auf die beiden zu und rief aufgeregt etwas, dass Linus nicht verstand. Es hörte sich an, wie Englisch. Aber Linus konnte noch kein Englisch.

Der Mann kniete vor Linus und Bodo nieder und fasst Linus an den Armen. Er redete unentwegt weiter. Dann drehte er sich um, ohne Linus loszulassen. Er rief laut irgendetwas, das Linus auch nicht verstand. Wahrscheinlich wollte er den anderen Menschen Bescheid sagen.

Sofort kamen zwei weitere Menschen angerannt, ein junger Mann und eine Frau. Als Linus die Frau sah, erstarrte er: „Tante Helen?“, rief er. Es war unglaublich. Mitten hier im Dschungel traf er tatsächlich Helen, die Tante seiner besten Freundin Sophie. Das war nicht zu fassen!

„Linus! Um Himmels willen, was machst du denn hier?“, rief Tante Lins. Sie stürzte auf Linus und Bodo zu und umarmte die beiden. Sie sagte etwas auf Englisch zu dem Mann mit

Bart und dem anderen Jungen, die beide völlig verdutzt Tante Helen und Linus und Bodo anstarrten. Helen redete eine Weile, dann nickten die beiden und rannten wieder los. Helen stand auf. „Komm mit Linus, erzähle mir alles. Derweil gehen wir schnell deine Wunden versorgen und ich suche dir etwas zum Anziehen.

Linus erzählte und Tante Helen erzählte auch. Sie war vor zwei Wochen als Tierärztin für ein Hilfsprojekt in den Dschungel aufgebrochen. Nun mussten sie schnell alle Tiere von dieser Station in die Affenstation verlegen. Denn mit dem Feuer hatte hier jenseits des Flusses niemand gerechnet. Nachdem sie Linus Geschichte gehört hatte, war sie beeindruckt. „Du verstehst all diese Tiere? Das ist unglaublich! Du musst mir unbedingt ganz genau davon berichten, sobald wir im Auto sitzen."

Linus bat darum, auch den Tapir, den Tukan und natürlich Max mitnehmen zu dürfen. Tante Helen war einverstanden. Sie sammelten die Freunde ein und wurden allesamt auf die Ladefläche eines der großen Geländewagen gesetzt. Auf der Ladefläche stand außerdem ein riesiger Käfig, in dem zwei Spinnenaffen hockten. Tante Helen sprang ans Steuer. „Ich werde euch sofort in Sicherheit bringen. Ich muss sowieso die Spinnenaffen zur Affenstation bringen. Wir fahren direkt los."

Bodo ging zu dem großen Käfig. Bedrückt fasste er an die Gitterstäbe. „Wollt ihr nicht raus?", fragte er den einen der Spinnenaffen.

Der Spinnenaffe zuckte mit den Schultern. „Schon. Aber die Menschen hier waren immer nett zu uns. Ich glaube, dass sie uns bald wieder herauslassen.“

Bodo nickte. „Sie bringen euch in Sicherheit.“

Der Sonnenaffe streckte Bodo durch die Gitterstäbe die Hand entgegen. „Ich bin Langarm. Freut mich, dich kennenzulernen.“ Tante Helen brauste durch den nächtlichen Dschungel. Die Scheinwerfer des Autos leuchteten die schmale Straße gut aus. Eigentlich war es mehr ein Schotterweg. Er war holprig. Dem Tapir wurde schlecht. „Mir ist übel“, jammerte er.

Linus lachte. „So ist es mit vorhin auf deinem Rücken auch ergangen“, sagte er. Dann streichelte er dem Tapir den struppigen Rücken. „Danke übrigens“, sagte er. „Ohne dich hätte ich es nicht bis hier geschafft.“

Der Tapir lächelte unter seinem kurzen Rüssel hervor. „Keine Ursache“, sagte er. „Mir geht es wie dem Tukan. Ich bin Einzelgänger. Ich habe selten Gesellschaft. Und ihr habt so verzweifelt ausgesehen. Da konnte ich nicht anders, als euch zu helfen.“

Tante Helen lenkte den Wagen jetzt auf eine größere Straße und das Holpern hörte auf. Nun ging es noch schneller voran. Linus sah nach oben und betrachtete die Sterne. Noch nie hatte er so einen wunderschönen Sternenhimmel gesehen. Wie ein dunkles Tuch breitete sich die warme Nacht über ihm aus, und Tausende Sterne sprenkelten den Himmel.

Es dämmerte bereits, als sie in der Affenstation eintrafen. Tante Helen lenkte das Auto auf einen großen Platz in der Mitte. Und Linus staunte: Diese Affenstation war fast so groß wie eine kleine Stadt. Es waren viel mehr kleine Häuser und Hütten hier rings herum. Viele große Kisten stapelten sich neben einem der kleinen Häuser, mehrere Zelte waren am anderen Ende der Lichtung aufgeschlagen.

„Wir sind da. Kommt mit", sagte Helen und half Linus beim Aussteigen. Max saß wie üblich auf Linus' Schulter. Für den Tapir ließ sie die Rampe herunter. Dann holte sie einige Mitarbeiter der Affenstation, um die Schlangenaffen auszuladen. Bodo sagte kein Wort. Er wirkte angespannt.

„Was ist denn, Bodo?"

„Ich bin aufgeregt. Mir springt gleich mein Affenherz aus der Brust", sagte er. „Weißt du – ich habe Angst, dass meine Familie hier auch nicht."

Linus nickte teilnahmsvoll. „Das kann ich verstehen. Ich frage Tante Helen gleich, ob sie uns direkt zu den Brüllaffen führen kann."

Aber Linus musste gar nichts sagen. Denn Tante Helen wusste, dass die Brüllaffen für Linus und Bodo jetzt das Wichtigste waren. Sie schnappte die beiden und führte sie quer über den ganzen Platz. Dann gingen sie zwischen mehreren Gebäuden hindurch bis ganz ans Ende der Affenstation.

„Da", sagte Helen und deutete auf das hinterste Gebäude. „Dort findet ihr die Brüllaffen."

Bodo blieb wie angewurzelt stehen. Er hatte Tränen in den Augen.

Linus nahm Helens Hand. „Danke!", sagte er leise.

Helen nickte. Dann kniete sie sich neben Bodo und nahm seine Hand. „Versteht er mich?", fragte sie Linus.

Linus nickte.

Helen sah Bodo in die feuchten Augen. „Viel Glück, Bodo", sagte sie leise. Dann ging sie voraus, um den beiden die Tür zu öffnen.

Jetzt gab es für Bodo kein Halten mehr. Als hätte ihn der Blitz getroffen, sprang er los. Mit drei großen Sätzen hechtete er durch die geöffnete Tür mitten in das Affenhaus. Noch ehe Linus und Helen hinterherkamen, hörten sie lautes Gebrüll. Es ging so laut und so sehr durcheinander, dass auch Linus kein Wort mehr verstand.

Ein Mitarbeiter der Affenstation kam angelaufen. „Was ist denn da drinnen los?“

Er wollte sofort nachsehen gehen. Aber Linus hielt ihn am T-Shirt fest. „Nicht! Ich glaube, da hat eben jemand seine Familie wiedergefunden.“

# HEIMWEH

Als sich das laute Spektakel im Affenhaus etwas beruhigt hatte, lugten Helen und Linus vorsichtig um die Ecke. Was sie sahen, war sehr lustig: Wie ein großes Fellknäuel lagen sich die roten Brüllaffen in den Armen. Eng umschlungen hocken sie glückselig auf einem der großen Äste, die in dem Haus für die Affen aufgehängt worden waren.

„Bodo?", rief Linus in den Affenhaufen hinein. „Bodo? Ist alles gut?"

Das Affenknäuel entwirrte sich etwas, und Bodo löste sich von den anderen. Er kam auf Linus und Helen zugesprungen – freudestrahlend, und er weinte wieder.

„Ich war noch nie so überglücklich! Ich habe meine Familie gefunden! Ich bin euch so dankbar!"

Gerade wollte er Linus um den Hals fallen, da hielt er inne. Denn plötzlich heulte Max auf Linus' Schulter laut auf. Das winzig kleine Krokodil begann zu schluchzen.

„Was ist?", fragte Bodo.

Max antwortete nicht. Er begann, bitterlich zu weinen.

Linus streichelte sanft über Max' Rücken. „Du vermisste deine Familie auch, stimmt's?"

Max schniefte. Dann nickte er. „Ja. Ich habe schreckliches Heimweh!"

Tante Helen sah Linus fragend an. „Was hat das kleine Krokodil?"

„Heimweh", sagte Linus.

Tante Helen nickte. „Das tut mir leid. Was können wir da machen? Vielleicht willst du zur Beruhigung erst einmal ein Bad nehmen? Ich hätte da eine Idee."

Max war einverstanden und Tante Helen trug ihn vorsichtig zu einem kleinen Tümpel mit sehr trübem Wasser. Linus nahm sie mit zum Frühstück bei den anderen Mitarbeitern der Affenstation, und Bodo durfte erst einmal bei seiner Familie bleiben.

Linus war froh, endlich wieder etwas Richtiges zum Essen zwischen die Zähne zu bekommen. Zwar gab es kein Nutella-Brot, aber es gab Honig und Butter und richtige Brötchen. Nachdem er sich sattgegessen hatte, fielen ihm der Tapir und der Tukan wieder ein. Außerdem überlegte er, ob wohl Zito, Bartos und die anderen schon irgendwo rings um die Affenstation in den Bäumen saßen und auf sie warteten. Und er fragte sich, ob wohl die Wasserschweine und der Zitteraal heil aus der Sache mit dem Feuer herausgekommen waren.

„Was passiert jetzt mit all den Tieren im Dschungel?“, fragte Linus Tante Helen. „Wird das Feuer bald gelöscht? Und wenn dieses große Feuer doch alles kaputtmacht? Wächst das wieder nach? Können sie bald zurück nach Hause?“

Helen seufzte. „Leider ist es nicht nur ein großes Feuer. Es sind viele. Manchmal sind sie groß, manchmal sind sie klein“, erklärte sie. „Viele Feuer werden von den Menschen gelegt, aus unterschiedlichen Gründen.“

„Welche Gründe denn?“, fragte Linus kauend.

„Manche Leute wollen dort, wo jetzt Wald steht, lieber andere Pflanzen anbauen. Oder sie wollen dort Vieh züchten. Rinder zum Beispiel. Damit sie damit Geld verdienen können.“

Linus runzelte die Stirn. „Dürfen die das denn – also einfach den Wald anzünden?“, fragte Linus.

Tante Helen schüttelte den Kopf. „In den meisten Fällen eigentlich nicht. Aber oft weiß niemand so richtig, wer für so ein Verbot zuständig ist. Es kontrolliert einfach kaum jemand. Der Regenwald ist einfach zu groß. Unsere andere Station hätte eigentlich sicher vor solchen Feuern sein müssen, weil dieses Gebiet offiziell als geschützt galt. Aber offenbar hat das den, der dort etwas angezündet hat, nicht interessiert.“

Linus schwieg. Das war ihm zu kompliziert. Und zu traurig. Außerdem beantwortete das seine andere Frage nicht: Was sollten jetzt die ganzen Tiere machen?

„Wird Max seine Krokodil-Familie wiedersehen?“, fragte Linus.

Tante Helen zuckte mit den Schultern. „Vielleicht. Die Krokodile leben im Fluss. Meistens sind diese Tiere besser vor Feuer geschützt als andere. Zumindest können sie noch besser dem Feuer ausweichen. Der Fluss selbst brennt ja nicht. Tiere, die am Wasser leben, die schnell sind und fliegen können ziehen bei so einem Feuer meistens einfach um. Dann müssen sie sich ein neues Revier suchen. Langsamere Tiere haben es da schwerer.“

Linus fiel das Faultier wieder ein. Das war so unglaublich langsam gewesen – Linus machte sich Sorgen. Ob es sich wohl hatte retten können?

„Habt ihr auch Faultiere gerettet?“, fragte er.

Helen lächelte. „Natürlich. Wir haben einige sogar hier in der Affenstation. Du kannst sie dir nachher gerne ansehen.“ Nach dem Frühstück holten sie Max aus seinem Wasserloch ab und sammelten den Tapir und den Tukan ein, die zum Glück gute Neuigkeiten hatten: „Zito und Bartos sind da!“, krakeelte der Tukan. „Ich habe sie in einem Baum in der Nähe getroffen. Wir sollen euch schön grüßen. Sie freuen sich sehr, dass Bodo seine Familie gefunden hat."

Der Tapir verkündete, dass er am Fluss auf ein Wasserschwein getroffen sei. „Eigentlich mag ich keine Wasserschweine – aber als es mich angesprochen und nach roten Brüllaffen gefragt hat, haben wir uns unterhalten. Da hat sich herausgestellt, dass ihr dieses Wasserschwein wohl kennt?"

Linus lachte. „Ja! Ist das nicht schön, wie alle Bodo bei seiner Suche helfen wollten?"

Max saß wieder auf Linus' Schulter. Als er von dem Wasserschwein hörte, wurde er nervös. „War da vielleicht auch ein Krokodil in der Nähe? Hat das Wasserschwein etwas von Krokodilen erzählt?"

Der Tapir schüttelte den Kopf. „Nein. Ich glaube kaum, dass ein Wasserschwein so lauthals nach mir gerufen hätte, wenn da Krokodile in der Nähe gewesen wären."

Max war enttäuscht. „Schade", sagte er.

Linus streichelte ihn. „Du vermisst deine Familie sehr, nicht wahr?"

Max nickte und rollte sich betrübt zusammen. „Das größte Abenteuer bringt doch nichts, wenn man niemandem davon erzählen kann."

Der Tukan nickte zustimmend und auch der Tapir sah das ähnlich. Alle waren froh, sich vor den Flammen gerettet zu haben. Aber nun erging es ihnen wie vorher Bodo: Sie hatten ihre gewohnte Umgebung verlassen müssen. Und niemand wusste, ob sie je wieder mit Freunden und Familie zusammenfinden würden. Außerdem mussten sich nun alle ein neues Zuhause suchen. Das war anstrengend. Denn in den anderen Teilen des Dschungels wohnten schließlich schon viele andere Tiere. Die würden sicher nicht begeistert sein, sich plötzlich ihr Revier mit anderen teilen zu müssen.

Der Tapir tröstete sich damit, dass er ohnehin eher ein Einzelgänger war. Auch der Tukan war das Alleinsein gewöhnt. Nur machte er sich Sorgen darum, ob andere Tukane ihm nun alle Beeren vor dem Schnabel wegessen würden.

Wirklich untröstlich war dagegen Max. „Ich will nach Hause", knurrte das winzig kleine Krokodil.

Linus wollte die Hoffnung für Max nicht aufgeben. Hatte Tante Helen nicht gesagt, dass Wassertiere sich gut vor dem Feuer in Sicherheit bringen konnten? Wo würden die Krokodile wohl hingehen, wenn sie vor dem Feuer flüchteten? Es musste doch möglich sein, wenigstens Max zu seiner Familie zurückzubringen.

„Können wir nicht ein Stück am Fluss entlanglaufen?", fragte er Tante Helen. „Vielleicht finden wir ja die Krokodile wieder?"

Helen war zuerst nicht besonders begeistert. Sie wollte Linus nicht in Gefahr bringen. Und das Flussufer hier in der Gegend war sehr unwegsam. Aber Linus hatte schon zu viel Zeit im Dschungel verbracht – er ließ sich nicht verunsichern. „Tante Helen, wir haben genug Helfer. Zito und Bartos sind auch hier. Sie werden uns bestimmt unterstützen."

# KROKODILSTRÄNEN

Linus drängelte so lange, bis Tante Helen einlenkte. Bis zum Mittag hatten sie einen Plan geschmiedet: Zito und Bartos würden entlang des Flusses von oben Ausschau nach den Krokodilen halten. Der Tapir und der Tukan machten sich auf den Weg, um nochmals das Wasserschwein zu befragen – zu Krokodilen und dem Zitteraal Elektra. Sogar Bodo riss sich von seiner Familie los, um mitzuhelfen. Er würde im unteren Teil der Bäume entlang des Ufers gemeinsam mit Max auf die Suche gehen. Allerdings nahm er Linus vorher das Versprechen ab, auf jeden Fall in der Affenstation zu bleiben. „Du bist schon fast so gut im Klettern und Schwingen, wie ich", sagte Bodo. „Aber du bist eben doch kein richtiger Affe. Lass uns das allein erledigen. Ihr habt mir geholfen, meine Familie wiederzufinden. Jetzt finden wir die von Max! Versprochen!"

Linus blieb nur widerwillig zurück. Er wollte sich nicht damit abfinden, dass sein Dschungelabenteuer jetzt schon zu Ende sein sollte. Am liebsten wäre er heimlich hinter Bodo hergelaufen. Aber Tante Helen passte zu gut auf Linus auf. Sie ließ ihn nicht aus den Augen, führte ihn in allen Tierhäusern der Affenstation herum, und erklärte ihm viel zu den Tieren im Dschungel und den verschiedenen Affenarten. Weißbüschelaffen, Sakia-Affen, Totenkopfäffchen und Titi-Affen – Linus staunte über die vielen verschiedenen Affenarten und die lustigen Namen.

Helen zeigte ihm außerdem noch einige Bäume, an denen Orchideen emporwuchsen und wunderschön blühten. „Wahnsinn!", staunte Linus. Ich kenne diese Blumen von zu Hause. Aber da wachsen die im Topf."

Helen lachte. „Ja, aber hier wachsen sie an Bäumen. Orchideen haben Luftwurzeln. Schau, das sind diese Dinger, die aussehen wie grüne und graue Würmer. Die siehst du auch bei deinen Orchideen zu Hause im Topf. Die gucken da nämlich raus. Achte doch einmal drauf, wenn du wieder zu Hause bist."

Wenn Linus wieder zu Hause war? Daran hatte er noch gar nicht gedacht. Wie sollte er denn wieder nach Hause kommen? Wie war er überhaupt hierhergekommen? Und was machten Mama und Papa gerade? Plötzlich lief in Linus' Kopf alles durcheinander.

„Wann muss ich denn nach Hause?", fragte er Helen. „Hast du Mama und Papa schon angerufen? Wissen meine Eltern, wo ich bin?" Linus merkte, dass ihm plötzlich Tränen in den Augen standen. Jetzt, wo seine neuen Freunde Bodo, Max, der Tukan, Zito, Bartos und all die anderen unterwegs waren, kam Linus zum ersten Mal seit langem etwas zur Ruhe. Auf einmal merkte er, wie anstrengend die letzten Tage gewesen waren. Und er wünschte sich gerade nichts sehnlicher, als zu Hause in seinem Bett zu liegen und sich einmal auszuschlafen.

Helen bemerkte Linus‘ Tränen. Sie ging vor ihm in die Hocke und strich ihm über die Wange. „Alles wird gut, Linus“, sagte sie. „Ich verspreche es dir.“

Linus wollte antworten, aber er wurde unterbrochen. Denn der Tapir kam im Schweinsgalopp angerannt, machte eine Vollbremsung neben den beiden und schnaubte: „Melde Erfolg!“

Linus wischte sich über die Augen und sah den Tapir fragend an. „Hast du Max‘ Familie gefunden?“

Der Tapir schüttelte den Kopf: „Das nicht“, sagte er. „Aber ich habe die Wasserschweine wiederentdeckt. Sie sind alle hier, noch ein kleines Stück flussabwärts. Sie haben erzählt, dass die Krokodile nicht allzu weit von hier entfernt sind. Sie haben mir den Ort genau beschrieben. Es muss in der Nähe eines Wasserfalls sein.“ Der Tapir sah Helen an. „Kannst du sie fragen, ob sie weiß, wo dieser Wasserfall ist?“

Linus fragte Helen nach dem Wasserfall. Helen wusste sofort Bescheid. „Mit dem Auto sind wir in etwa einer Stunde dort“, sagte sie. „Ich muss sowieso zurückfahren. Wir müssen an der anderen Station nachsehen, ob das Feuer sie verschont oder was es von den Hütten noch übrig gelassen hat.“ Weil inzwischen alle von der anderen Station mit Sack und Pack und sämtlichen Tieren hier in der Affenstation angekommen waren, wusste keiner, wie sehr das Feuer sich inzwischen ausgebreitet hatte.

Sie beschlossen, den Tukan loszuschicken, um Bodo, Max und die anderen zurückzuholen. Weil das aber sehr lange dauerte, weil der Tukan Zito und Bartos nur mit Mühe hinterherkam, beschlossen sie, die Nacht über noch in der Affenstation zu bleiben und erst am nächsten Morgen aufzubrechen.

Die Nacht verbrachte Linus in einer Hängematte im Schlafhaus, wo noch andere junge Leute untergebracht waren. Es war zwar furchtbar heiß, aber Linus fühlte sich trotzdem wieder etwas wohler. Bestimmt würden sie morgen Max' Familie finden. Und dann könnten alle anderen sich nach einem neuen Revier umsehen. Er würde mit Helen nach Hause gehen und seinen Eltern alles berichten. Die würden Augen machen!

In der Hängematte neben Linus lag ein junger Mann. „Wir sind freiwillig hier, um zu helfen", erklärte er in gebrochenem Deutsch. „Ich komme aus Frankreich. Ich habe gerade den Schulabschluss gemacht", erzählte er. „Und du, gehst du auch schon zur Schule?"

Linus nickte. „Bald in die zweite Klasse", sagte er stolz.

Der junge Mann nickte anerkennend. „Da ist deine Tante Helen sicher stolz auf dich."

„Sie ist nicht meine Tante", erklärte Linus. „Sie ist die Tante meiner besten Freundin."

Der junge Mann lachte. „Okay, dann eben die Tante deiner besten Freundin. Ist auch egal. Hier draußen im Regenwald sind wir alle gleich. Hier bestimmt die Natur alles. Nicht wir Menschen."

Linus dachte an den Dschungel, an den mühevollen Weg durch die Baumkronen, an all die Tiere, denen sie begegnet waren. Linus schaukelte ein bisschen mit der Hängematte hin und her. Das war sehr gemütlich. Zu gemütlich, denn Linus schlief direkt ein. Das „Gute Nacht, Linus" von dem jungen Mann hörte er nicht mehr. Er schlief wie ein Stein und träumte vor lauter Erschöpfung überhaupt nichts.

Helen weckte alle sehr früh. Wieder sprangen die Freunde auf die Ladefläche des großen Autos. Der Wagen rumpelte über die holprige Straße, dann erreichten sie wieder den asphaltierten Weg. Hier konnte Helen schneller fahren. Aber das ging nur ein kurzes Stück. Dann mussten sie wieder abbiegen und über einen schmalen Pfad auf den Fluss zu steuern.

„Hilfe, wackelt das hier!", jammerte der Tapir. Er konnte sich nicht gut festhalten und wurde kräftig durchgeschüttelt.

„Mir ist auch schon schlecht", quäkte Max. „Aber ich glaube, das ist vor Aufregung."

„Wir lenken uns mit Witzen ab!", schlug der Tukan vor. „Also: Eine Giraffe, ein Elefant und eine Schlange treffen sich im Dschungel. Sagt die Giraffe …"

Der Witz war ziemlich lang. Er war sogar so lang, dass der Tukan sich während des Erzählens verhedderte und noch einmal von vorne anfangen musste. Zwar war das ein bisschen anstrengend, aber so ging die Fahrt tatsächlich wie Flug vorbei. Denn plötzlich stoppte Helen das Auto.

„Alles aussteigen!", rief sie. „Wir sind da. Hier ist der kleine Wasserfall!"

Kaum war Linus ausgestiegen und einige Schritte auf das Ufer zugegangen platzte ihm auf einmal beinahe das Trommelfell: Max kreischte: „Da! Da! Ich kann sie sehen! Da sind sie!" Linus wollte mit Max schimpfen, weil er ihm so sehr ins Ohr geschrien hatte. Aber das ging nicht mehr. Denn das winzig kleine Krokodil war einfach von Linus Schulter gerutscht, hatte einen schwungvollen Purzelbaum geschlagen und trappelte jetzt so schnell es konnte aufs Ufer zu.

Tatsächlich – Linus sah die Krokodile. Zwei von ihnen lagen auf der anderen Uferseite, eines lauerte unter Wasser. Es guckten nur noch die Augen heraus.

„Max! Bist du sicher, dass das deine Familie ist?", rief Linus dem winzig kleinen Krokodil hinterher.

„Pass auf dich auf!", brüllte Bodo noch. Und schon war Max verschwunden. Er hatte sich Hals über Kopf ins Wasser gestürzt. Plötzlich riss das große Krokodil im Wasser das Maul auf. Entsetzt mussten Linus, Bodo und die anderen mitansehen, wie das riesige Krokodil mit geöffnetem Maul direkt auf die Stelle zu schwamm, an der Max abgetaucht war.

„Max!“, schrie Linus. Aber da sahen sie, dass das riesige Krokodil Max bereits in seinem Maul trug.

„Max! Oh nein! Max!“

Doch das riesige Krokodil hatte den kleinen Max keineswegs zerquetscht oder heruntergeschluckt. Max krabbelte in dem großen Maul so weit nach vorne, dass er herausschauen konnte. Wie von einem großen Balkon aus winkte er den Freunden am Ufer zu.

„Das ist meine Mama! Meine liebe Mama! Sie hat mich vermisst!“

Das riesige Krokodil schien Max in seinem Maul beschützen zu wollen. Es hielt ganz still, während Max fröhlich quäkte: „Das war ein unglaubliches Abenteuer mit euch allen! Vielen Dank dafür! Jetzt möchte ich wieder ein ganz normales Krokodil sein.“

Linus lächelte. Er freute sich, dass Max endlich wieder zu Hause war. Alle winkten.

„Wenn du Elektra triffst, dann grüße sie schön von uns!“, rief Bodo noch, ehe Max aus dem Maul seiner Mutter ins Wasser hüpfte und glücklich zu den anderen Krokodilen ans andere Ufer schwamm.

# HEIMWÄRTS

Zufrieden stiegen die Freunde wieder auf die Ladefläche.

„Ich vermisse Max jetzt schon“, bemerkte Linus, während sie weiter durch den Dschungel fuhren.

„Ich auch“, sagte Bodo. „Aber ich bin auch sehr froh, dass er wieder zu Hause ist. Er wird mit seiner Familie ein Stück weiter flussabwärts noch viele schöne Stellen im Fluss finden.“ Nach einer Weile rümpfte Bodo die Nase. „Was riecht hier so komisch?“

Linus schnupperte. Tatsächlich – es roch verbrannt. „Kommt das vom Feuer?“, fragte Linus. Er sah sich um, aber bisher war nichts vom Feuer zu sehen.

Doch als Helen den Wagen plötzlich stoppte, sahen sie alle die Bescherung: Hinter den riesigen Farnen, die entlang der Straße wuchsen, war eine Lichtung. Aber es war keine natürliche Lichtung. Hinter den Pflanzen war alles verbrannt. Die Reste der verkohlten Pflanzen qualmten noch.

„Ihr bleibt hier beim Auto!“, befahl Helen. Sie bedeutete Linus und den anderen, sitzen zu bleiben. Aber sie dachten nicht daran. Alle sprangen von der Ladefläche und gingen hinter Helen her. Als sie die großen Blätter beiseite schob, erschraken sie. Es war nicht nur ein kleines Stück des Waldes abgebrannt. So weit das Auge reichte ragten nur noch verkohlte Baumstümpfe in den Himmel. Der beißende Geruch des Rauches stieg den Freunden in die Nase. Helen standen Tränen in den Augen. „Furchtbar“, sagte sie.

Der Tapir legte den Kopf schräg. „Allerdings“, sagte er. Leider sind wir Tiere hier im Dschungel an so etwas inzwischen schon gewöhnt. Mich macht das zwar traurig. Aber wir können ja nichts dagegen tun.“

Der Tukan ließ die Flügel hängen. „Nicht mehr viel übrig hier. Ich würde vorschlagen, dass wir einfach zurück zur Affenstation fahren.“

Bodo nickte. „Das halte ich auch für das Beste. Hier können wir nichts mehr ausrichten.“

Für eine Weile starrten die Freunde noch auf die verkohlte Landschaft. Dann wedelte Tante Helen mit der Hand vor ihrem Gesicht herum. „Schnell, lasst uns gehen. Ihr bekommt doch bald keine Luft mehr bei dem ganzen Rauch. Das andere Lager müssen wir wohl nicht mehr besuchen gehen. Das lassen wir die anderen machen. Euch möchte ich dem nicht aussetzen. Es ist wichtiger, dass ihr alle in Sicherheit seid.“

Schweigend stiegen die Freunde ein. Während der Rückfahrt sagte niemand ein Wort. Auch dem Tukan war nicht nach Scherzen zumute.

Auch Zito und Bartos hatten das Ausmaß des Feuers mitbekommen. Zito wollte nicht, dass sein Papageienschwarm Trübsal blies. „Wir fliegen weiter, liebe Freunde. Wir machen uns auf die Suche nach einem neuen schönen Platz im Dschungel. Lebt wohl!“

„Lebt wohl! Lebt wohl! Lebt wohl!“, krächzten die anderen Papageien.

Auch der Tapir beschloss, sich wieder auf den Weg zu machen. „Ich bin Einzelgänger. Eure Gesellschaft war schön. Aber jetzt brauche ich auch wieder einmal Zeit für mich“, sagte er schmunzelnd. Er stupste Linus noch einmal mit seinem kurzen Rüssel an. „Ihr wart ein gutes Team – du und die anderen.“

Linus streichelte den Tapir über den Kopf. „Und du warst eine große Hilfe! Vielen Dank dafür!“ Der Tapir lächelte, drehte sich um und verschwand im Schweinsgalopp zwischen den Hütten hindurch im Dickicht des Regenwalds.

Bodo hatte sich vorerst wieder zu seiner Familie gesellt. Sie hatten noch keine Pläne gemacht. Denn in der Affenstation kümmerten sich die freiwilligen Helfer sehr liebevoll um sie. Bodo fand es schön, für eine Weile nicht selbst nach Futter suchen zu müssen. Außerdem waren einige seiner Familienmitglieder noch nicht bereit, wieder eigenständig von Baum zu Baum zu springen.

Linus lag jetzt vor einem der Affenhäuser auf dem Rücken und betrachteten gemeinsam mit dem Tukan die grünen Baumwipfel, die ringsum in den Himmel wuchsen. Die Sonne blendete. Linus musste sich die Hand vor die Augen halten.

„Was wirst du nun machen?“, fragte Linus.

Der Tukan plusterte sich auf, dann pickte er mit seinem riesigen Schnabel verlegen auf dem Boden herum. „Keine Ahnung“, sagte er. „Vielleicht noch ein bisschen hierbleiben?“

Linus sah ihn überrascht an. „Was willst du denn hier? Hier sind doch nur Affen? Willst du nicht doch nach den anderen Tukanen suchen – vielleicht triffst du ja einen alten Bekannten?“

Der Tukan schüttelte den Kopf. „Nein. Du weißt doch, ich hatte vorher keine Freunde. Ich rede zu viel. Hier bei dieser Tante Helen macht das nichts. Hier fühle ich mich wohl.“ Dann sah er Linus fragend an. „Und du? Gehst du jetzt auch nach Hause?“

Linus nickte. Einfach so. Obwohl er keine Ahnung hatte, wie er hierhergekommen war und wie er wieder nach Hause kommen sollte. Er war einfach aus irgendeinem Grund völlig sicher, dass es jetzt an der Zeit war, heimzugehen. Er wandte sich ab und schloss die Augen. Da fühlte er, wie der Tukan ihm mit dem Schnabel über den Rücken strich.

„Noch ein letzter Witz, ja?", fragte der Tukan.

Linus nickte.

„Super", freute sich der Tukan. „Also: Was ist der Unterschied zwischen einem Elefanten und einem Knäckebrot?"

Linus zuckte mit den Schultern. Aber allein schon über die Frage musste er schmunzeln.

Der Tukan räusperte sich, dann sagte er feierlich: „Der Elefant kann das Knäckebrot essen, aber das Knäckebrot nicht den Elefanten."

Die Sonne blendete Linus. Er kniff die Augen fest zusammen und lachte.

Da fasste jemand Linus an die Schulter. „Linus? Hörst du mich, Linus? Warum lachst du so?"

Linus drehte den Kopf. „Was? Was ist denn?"

Die Stimme lachte jetzt auch. „Linus, du liebe Güte. Hast du die ganze Nacht gelesen? Was hast du denn geträumt?"

„Was?" Linus war verwirrt. Er blinzelte.

„Steh auf, mein Schatz. Es ist Zeit fürs Frühstück!"

Frühstück? Lesen? Wie bitte?

Linus drückte sich hoch und rieb sich die Augen. Wo waren die Baumwipfel plötzlich hin? Er schaute sich um. Und der Tukan? Wo waren die Affenhäuser? Und Tante Helen?

„Linus, kommst du bitte frühstücken?“, rief Mama von unten.

Tatsächlich: Linus lag zu Hause in seinem Bett. Rasch sprang er auf und suchte nach dem Buch über den Regenwald. Mama hatte es auf die Kommode neben seinem Bett gelegt. Er klappte es auf und blätterte zu der Seite mit den Roten Brüllaffen. Linus lächelte das Foto an. Dann strich er mit der Hand über das Gesicht des freundlich dreinblickenden Tiers. „Tschüss, lieber Bodo“, flüsterte er. „Ich habe viel von dir gelernt! Ich wünsche dir alles Gute. Und grüße mir die anderen, wenn du sie siehst. Und sag dem Tukan: Ich fand seinen letzten Witz wirklich richtig gut!“ Er hielt inne. Und es war ihm, als zwinkerte der Affe aus dem Buch ihm zu. Bodo zwinkerte zurück, legte das Buch zur Seite und ging zum Frühstück.

# MEHR ÜBER DEN REGENWALD

Unsere Geschichte spielt in Südamerika. Der Dschungel rund um den bekannten Fluss Amazonas ist auch als Amazonien bekannt. Der Amazonas gilt laut der Heinrich-Böll-Stiftung seit 2008 als der längste Fluss der Erde. Vorher war stets der Nil in Afrika als der längste Fluss der Welt bekannt. Mehrere Nebenflüsse des Amazonas gehören auch zu den größten Flüssen der Welt, zum Beispiel der Rio Tapajós und der Rio Xingu. Das Amazonasbecken ist damit der größte Süßwasserspeicher der Erde, etwa ein Viertel des Süßwassers der ganzen Welt fließen dort. Amazonien selbst ist kein eigenes Land, sondern ein Gebiet, das zu sieben Staaten gehört. Damit du dir in etwa vorstellen kannst, wie groß das sogenannte Amazonasbecken ist, stelle dir einmal die Fläche von ganz Deutschland und dazu die Fläche von ganz Frankreich vor. Allein das ist schon sehr groß, oder? Nun: Das Amazonasbecken ist mehr als siebenmal so groß wie die Fläche von Deutschland und Frankreich zusammen. Und wenn du dir fünfmal die Fläche von Deutschland und Frankreich zusammen vorstellst, dann weißt du: So viel davon ist Regenwald. Ungefähr 16.000 verschiedene Baumarten wachsen dort. Schätzungen zufolge stehen im Amazonasgebiet insgesamt rund 390 Milliarden Bäume – eine unvorstellbar große Anzahl also.

In Zahlen ist das Amazonasbecken etwa 7,5 Millionen Quadratkilometer groß, davon sind 5,5 Millionen Quadratkilometer mit Regenwald bedeckt. Und die Fläche von Deutschland und Frankreich zusammen ist nicht einmal eine Million Quadratkilometer groß.

Weil das Amazonasgebiet so groß ist, ist es auch für das Klima der Erde von großer Bedeutung. Denn nirgendwo sonst auf der Welt gibt eine so riesige zusammenhänge Fläche mit Wald. Allein durch diese schiere Größe ist der Regenwald in Südamerika also sehr wichtig für die Erde, die Tiere und für uns Menschen. Denn die vielen Bäume produzieren viel Sauerstoff. Das machen sie über die sogenannte Fotosynthese. Hast du diesen Begriff schon einmal gehört? Wenn nicht, lass dir das einmal von deinen Eltern erklären. Außerdem sorgt der große Regenwald dafür, dass weiter im Süden auch genug Wasser vorhanden ist. Denn dort würde es ohne die große Waldfläche in Amazonien nicht genug regnen. Aber der Regenwald ist so groß, dass er die feuchte Luft vom Meer regelrecht ansaugt. Die Bäume nehmen das Wasser auf. Stell dir nur vor: Bis zu 1.000 Liter Wasser kann ein großer Baum im Dschungel aufnehmen – so ähnlich wie ein riesiger Schwamm. Das ist so viel wie 1.000 Tetrapacks Milch! Dieses Wasser verdunstet dann wieder. Durch dieses verdunstete Wasser bilden sich Gewitterwolken. Alles bleibt unentwegt feucht. Die feuchte Luft wird dann durch ein Gebirge, die „Anden", in den Süden weitergeleitet. Denn die Luft stößt sozusagen an die Berge und kann nicht weiter. Sie muss deshalb an den Bergen entlang weiter in den Süden ziehen. Das ist ein großes Glück für die Landschaft im Süden des Landes –

denn nur wegen der Kombination aus Regenwald, feuchter Luft und Gebirge wird das Land dort nicht zur Wüste. Wäre der Regenwald viel kleiner oder überhaupt nicht da, dann würde es weiter im Süden fast gar nicht mehr regnen und fast alle Pflanzen und Tiere könnten auch dort nicht mehr überleben.

Zwar ist der Regenwald in Südamerika sehr groß. Aber er wird immer weiter abgeholzt und verbrannt. Das passiert, weil die Menschen dort Landwirtschaft betreiben und Vieh züchten wollen. Sie müssen irgendwie Geld verdienen. Und das geht oft einfacher, wenn genug Land dafür da ist. Mittlerweile ist schon ein Fünftel des Regenwalds abgeholzt worden. Stell dir einen großen runden Kuchen vor und schneide ihn in fünf gleichgroße Stücke. Nun isst du eines davon auf – s o kannst du sehen, wie viel vom ganzen Regenwald inzwischen nicht mehr da ist.

Von allen Regenwäldern der Welt sind allein die Hälfte im Amazonasgebiet. Weil das Amazonasgebiet somit das größte Tropenwaldgebiet der Erde ist, leben dort auch sehr viele unterschiedliche Tiere. Es ist immer warm und feucht – das sind gute Bedingungen für die eine große Artenvielfalt. Wissenschaftler schätzen, dass allein etwa zehn Prozent der unterschiedlichen Tierarten der ganzen Welt in Amazonien leben. Damit das auch so bleibt, darf der Lebensraum dieser Tiere nicht zerstört werden. Aber wenn der Wald verbrannt und gerodet wird, gibt es immer weniger Bäume. Nicht nur, dass die Bäume das Zuhause vieler Tiere sind. Auch das Klima verändert sich, wenn immer mehr Bäume fehlen.

Auch die Nahrung für die Tiere wird dann weniger.

Mehr als die Hälfte der abgeholzten Flächen wird als Viehweide genutzt. Das ist für die Besitzer der Viehweiden gut, denn sie können das Fleisch der Rinder verkaufen und damit viel Geld verdienen. Aber für alle anderen Tiere und das Klima ist das sehr problematisch.

Glücklicherweise leben trotzdem noch immer unzählige Tiere in Amazonien. Einige von ihnen habt ihr bei Linus‘ Reise schon ein bisschen kennengelernt. Wenigstens diese wollen wir an dieser Stelle noch einmal etwas genauer vorstellen. Vielleicht erfährst du dabei noch etwas, das du noch nicht wusstest? Es ist nämlich sehr interessant, sich diese für uns so exotischen Tiere genauer anzuschauen. Wenn du im Internet suchst, wirst du bestimmt auch noch einige Tierarten entdecken, die in Amazonien leben und von denen du bisher noch nie in deinem Leben gehört hast!

## BRÜLLAFFE

Beginnen wir mit unserer ersten Hauptfigur: Bodo, der Brüllaffe. Brüllaffen sind relativ langsam unterwegs. Aber sie sind auch die zweitgrößten und zweitschwersten Affen in Südamerika (die größten sind übrigens die Spinnenaffen, von denen ihr auch in der Geschichte gehört habt). Die meiste Zeit des Tages machen sie nicht viel. Das liegt daran, dass sie oft mit fressen und verdauen beschäftigt sind. Sie essen meistens Blätter, aber keine anderen Tiere.

Im Dschungel im Amazonasgebiet hört man das tiefe Brüllen dieser Affen hauptsächlich kurz vor Sonnenaufgang und -untergang. Dieses Gebrüll ist so laut, dass es über eine Entfernung von mehreren Kilometern zu vernehmen ist. Mit diesem Gebrüll sagen sie anderen Affen in der Gegend: „Achtung, das hier ist unser Revier!" Wenn andere Brüllaffen das Geschrei hören, kommen sie meistens erst gar nicht in die Nähe. Denn für unnötigen Streit sind sie in der Regel dann doch etwas zu faul.

Der lange Schwanz der Brüllaffen ist im Dschungel besonders praktisch. Damit können sie sich nämlich auch festhalten. Sie wickeln den langen Schwanz einfach um einen Baum und können ihn so als Sicherung benutzen.

Brüllaffen werden bis zu 90 Zentimeter groß – ohne den Schwanz. Der Schwanz wird aber genauso lang wie sie selbst. Bis zu zehn Kilogramm kann ein Brüllaffe auf die Waage bringen.

Bodo in unserer Geschichte ist ein roter Brüllaffe, aber Brüllaffen gibt es auch mit braunem oder grauem Fell. Das Fell ist meistens lang und ein bisschen rau.

Wie du auch an Bodo in unserer Geschichte sehen konntest, kommen Brüllaffen nicht so gern nach unten auf den Waldboden. Das machen sie nur manchmal. Dann trinken sie etwas oder essen Erde. Das klingt ein bisschen komisch. Aber die Affen holen sich aus der Erde wichtige Mineralstoffe. Die brauchen sie, um gesund zu bleiben. Lieber als am Waldboden zu hocken, mögen sie es aber, in den Bäumen herumzuklettern. Das machen sie auch fast nur tagsüber.

Die Gruppen, in denen die Brüllaffen zusammenleben, können klein sein und gerade einmal fünf Tiere umfassen. Manche Gruppen sind aber auch größer. Dann gehören um die zwanzig Tiere mit dazu.

## GEMEINER VAMPIR

Bist du erschrocken, als in der Geschichte plötzlich ein gemeiner Vampir aufgetaucht ist? Der Name klingt ein bisschen nach einer Schauergeschichte. Dabei ist der Gemeine Vampir einfach nur eine Fledermausart, die auch in Amazonien zu Hause ist. Allerdings stimmt es tatsächlich: Diese Fledermäuse leben vom Blut anderer Tiere. Das ist wirklich gruselig. Zum Glück war der gemeine Vampir in unserer Geschichte gerade nicht hungrig, als er auf Linus und die anderen traf.

Gemeine Vampire werden sieben bis neun Zentimeter lang und wiegen höchstens 50 Gramm. Du kannst dir also vorstellen: Wenn Mama beim Metzger 100 Gramm Lyoner kauft, dann wiegt der gemeine Vampir gerade einmal die Hälfte von diesem kleinen Päckchen. Wenn der gemeine Vampir die Flügel ausbreitet, dann beträgt diese sogenannte Spannweite von Flügelspitze zu Flügelspitze bis zu 40 Zentimeter. Das ist dann doch wiederum ganzschön viel, oder?

Immerhin bis zu 20 Zähne hat der gemeine Vampir. Und wie in den schauerlichen Geschichten über Vampire ist es bei dieser Fledermaus auch: Die Eckzähne und die Schneidezähne sind die längsten.

Im Dschungel flattern die gemeinen Vampire nur nachts umher. Tagsüber schlafen sie in Baumhöhlen oder verlassen Gebäuden.

## GEWEHRKUGELAMEISE

Der Name dieser Ameise kommt nicht von ungefähr: Die Gewehrkugelameise kann mit ihrem Stich schreckliche Schmerzen auslösen. Sie wird auch 24-Stunden-Ameise oder Tropische Riesenameise genannt. Als eine der größten Ameisenarten der Welt lebt sie im südamerikanischen Regenwald. Sie wird bis zu zweieinhalb Zentimeter lang und sieht in etwa so aus wie eine braune Wespe ohne Flügel. Sie leben gern am Fuß von großen Bäumen. Eigentlich sind sie friedliche Tiere. Sie stechen nur, wenn sie sich bedroht fühlen oder jagen. Die Beutetiere werden durch den Stich gelähmt. Für den Menschen ist der Stich einfach nur sehr schmerzhaft. Ein Grund mehr, warum es unheimlich wichtig ist, im Dschungel seine Füße zu schützen und Schuhe zu tragen.

## GÜRTELTIER

Hast du schon einmal ein Gürteltier gesehen? Diese rund zehn Kilogramm schweren Regenwaldbewohner sehen ein bisschen aus wie eine Mischung aus Schildkröte, Hase und Hund. Ihr Panzer auf dem Rücken ist mit Hornschuppen bedeckt. Bei manchen Arten sehen die Beine richtig flauschig aus, denn das struppige Fell sprießt nach allen Seiten unter dem Panzer hervor. Der Kopf mit der langen Nase und den hochstehenden großen Ohren scheint auf den ersten Blick gar nicht zum Rest des Körpers zu passen.

Gürteltiere sind gerne allein unterwegs, und das auch meistens nachts. Besonders lecker findet das Gürteltier Ameisen und Spinnen. Seine liebste Freizeitbeschäftigung ist das Baden in Schlammlöchern.

## HARPYIE

Ziemlich bedrohlich kommt die Harpyie im Dschungel daher. Denn sie zählen zu den größten und stärksten Greifvögeln der Welt: Einen Meter lang ist der Körper der Weibchen und ihre ausgebreiteten Flügel messen von Federspitze zu Federspitze stolze zwei Meter. Vielleicht ist auch deshalb von „die Harpyie" die Rede – denn die Männchen sind nicht ganz so groß.

Zwar greifen Harpyien keine Menschen an, aber sie haben so viel Kraft, dass sie auch große Tiere problemlos packen können. Bis zu 50 Kilogramm Kraft können diese riesigen Raubvögel auf ihre Beute ausüben. Das machen sie mit ihren kräftigen Krallen, die größer sind als Bärentatzen. Kein anderer Raubvogel der Erde ist so stark.

Jetzt kannst du dir denken, warum in unserer Geschichte alle die Flucht ergriffen haben, als die Harpyie angeflogen kam. Denn sie frisst besonders gerne Affen und auch Faultiere oder Nasenbären und Schlangen.

Ihre Nester bauen sie in bis zu 50 Metern Höhe in den Bäumen des Dschungels.

Harpyien bejagen sehr große Waldgebiete. Deshalb ist für diese Vogelart die Abholzung des Regenwalds besonders einschneidend. Denn sie braucht viel Fläche, um dort genug

Nahrung zu finden. Inzwischen gelten Harpyien als bedrohte Tierart.

Wenn Harpyien aufgeregt sind, dann stellen sie am Kopf einige Federn auf. Das sieht ungewohnt aus und wirkt ein bisschen wie bei den alten Bildern von Indianern im Wilden Westen mit hochstehendem Federschmuck. Nervös werden Harpyien vor allem, wenn ihre Jungen bedroht werden. Das Nest und die Eier verteidigen sie mit aller Kraft.

## JAGUAR

Der Jaguar ist bekannt für seine Fellzeichnung. Diese hübsche Raubkatze hat auf dem Fell nämlich viele dunkle Kringel. Den Jaguar könntest du leicht mit dem Leoparden verwechseln, denn auch Leoparden haben Tupfen. Aber ein Leopard ist viel schlanker als ein Jaguar. Der Jaguar ist die drittgrößte Raubkatze nach dem Tiger und dem Löwen. Sein Fell ist dunkelgelb. Speziell die Jaguare im Dschungel sind etwas dunkler gefärbt als andere Jaguare.

Manche Jaguare sind aber auch schwarz. Dann werden sie als „Panther“ bezeichnet. Am wohlsten fühlen sich Jaguare im dichten Unterholz in der Nähe von Gewässern.

Zu den Beutetieren des Jaguars gehören sogar kleine Krokodile. Ansonsten frisst er so ziemlich alles: Wasservögel, Hirsche, Gürteltiere, Affen und Faultiere – um nur einige Beutetiere zu nennen.

Weil in Amazonien immer mehr Regenwald in Viehweiden umgewandelt wird, macht der Jaguar auch Jagd auf die Tiere der Bauern. Deshalb jagend die Bauern den Jaguar, denn sie wollen ihre Tiere beschützen. Leider gibt es deshalb inzwischen nur noch halb so viele freilebende Jaguare wie noch vor einigen Jahrzehnten. In manchen Gebieten leben überhaupt keine Jaguare mehr. Seit rund 50 Jahren gilt der Jaguar als bedrohte Tierart. Außer dem Menschen hat der Jaguar keine natürlichen Feinde.

## KAISERSCHNURRBARTTAMARIN

Den schönsten Bart der Welt hat in unserer Geschichte der kleine Kaiserschnurrbarttamarin Bartos. Tatsächlich haben Kaiserschnurrbarttamarine ihren Namen zurecht: Ihr Bart sieht sehr lustig aus. Er ist sehr lang und schmückt in einem schmalen Bogen ihr kleines Gesicht. Es heißt, dass der Name Kaiserschnurrbarttamarin an einen besonderen Mann erinnert: den deutschen Kaiser Wilhelm II. Denn der hatte auch einen beeindruckenden Schnurrbart.

Der Schwanz der Kaiserschnurrbarttamarine ist länger als ihr Körper: Vom Kopf bis zum Popo werden die kleinen Affen etwa 25 Zentimeter groß, ihr Schwanz wird bis zu 40 Zentimeter lang. Mehr als 500 Gramm bringt ein Kaiserschnurrbarttamarin nicht auf die Waage – da kann er noch so viele Blätter, Früchte, Vogeleier oder Insekten Fressen. Weil sie so klein und leicht sind, können sie problemlos sehr weit oben in den Baumwipfeln nach Nahrung suchen. Denn sie sind in der Lage, auch über dünne Äste zu springen. So weit oben können große Affen das nicht. Die dünnen Äste würden unter dem Gewicht der größeren Affen nämlich abbrechen.

## KROKODIL

Selbstverständlich weißt du, was ein Krokodil ist. Krokodile sehen ein bisschen aus wie eine Mischung aus riesigen Eidechsen und Dinosauriern. Sie haben ein großes langes Maul und ganz viele spitze Zähne. So weit, so gut. Aber wusstest du auch, dass man Krokodile in drei Familien unterteilt? Es gibt die Echten Krokodile, die Alligatoren und die Gaviale. Unser winzig kleines Krokodil Max gehört zu den Alligatoren. Genauer gesagt zu den Kaimanen. In Südamerika gibt es den Mohrenkaiman und den Brillenkaiman.

Der Mohrenkaiman wird sehr groß: Mehr als fünf Meter ist ein ausgewachsenes Tier lang. Und stell dir vor: Ein solcher Mohrenkaiman kann 80 bis 100 Jahre alt werden. In Flüssen und Seen lauern die riesigen Fleischfresser auf Beute. Dazu gehören nicht nur Fische, sondern auch andere Tiere – wie zum Beispiel Wasserschweine.

Der Körper der Mohrenkaimane ist oben sehr dunkel, an den Seiten ist er hell.

Mit seinen großen Augen kann er in der Dämmerung und nachts besonders gut sehen und jagen. Kleine Mohrenkaimane, wie beispielsweise unser Max aus der Geschichte, essen lieber Insekten oder kleine Fische und Krebse.

Erwähnenswert ist auch der Schwanz der Mohrenkaimane. Er ist sehr stark und seitlich abgeflacht. Wie mit einem sehr kräftigen Paddel kann er so sehr rasch im Wasser vorankommen.

Übrigens: Auch einem Krokodil fallen die Zähne aus und es wachsen neue nach, aber nicht nur einmal wie bei den Menschen. Das Krokodil wechselt im Laufe seines Lebens etwa 50-mal sein gesamtes Gebiss. Ab einem gewissen Alter werden die Zähne einmal pro Jahr erneuert, bei jüngeren Krokodilen sogar noch öfter. Stell dir nur vor, wie das wäre, wenn du andauernd mehrere Wackelzähne hättest? Einmal pro Jahr legt ein Mohrenkaiman-Weibchen etwa 40 bis 50 Eier. Unser winzig kleines Krokodil Max hat also vermutlich mindestens 39 Geschwister. Ganz schön viel los bei diesen Krokodilen im Dschungel.

## PAPAGEIEN

In unserer Geschichte kommen die Hyazinth-Aras vor. Sie sind eine von ungefähr 370 Papageienarten weltweit. Es gibt sehr große und sehr kleine Papageien. Zu den großen Papageien zählen die Aras. Es gibt im Regenwald 30 Papageienarten der Gattung Ara. Die Hyazinth-Aras gehören zu den gefährdetsten unter ihnen. Ihr leuchtend blaues Gefieder macht sie sehr beliebt als Ziervögel. Deshalb werden sie auch heute noch eingefangen und verkauft. Aber eigentlich ist das nicht erlaubt, denn sie gelten als stark gefährdet.

Sie werden bis zu 60 Jahre alt und gelten als sehr intelligent und können prima klettern. Ziemlich groß sind sie außerdem: Diese wunderschönen blauen Aras werden etwa einen Meter lang und sie wiegen etwa eineinhalb Kilogramm. Am liebsten fressen sie Samen, Nüsse und Früchte. Weil sie einen sehr kräftigen Schnabel haben, können sie auch harte Schalen problemlos knacken.

## SCHLANGEN

In Amazonien gibt es besonders viele giftige Schlangen und natürlich auch die Würgeschlangen. Auch die größte Schlange der Welt lebt in Amazonien: die Anakonda. Sie ist eine Würgeschlange und kann bis zu 200 Kilogramm schwer werden und bis zu neun Meter lang. An Land bewegt sie sich nicht sonderlich schnell. Sie jagt ihre Beute deshalb gerne vom Wasser aus. Sie taucht unter, ähnlich einem Krokodil. Sie können bis zu 45 Minuten lang unter Wasser bleiben. Wenn sie ein großes Tier erbeutet haben, verdauen sie sehr lange. Und: Sie kommen auch über sehr lange Strecken ohne Nahrung aus. Länger als ein Jahr kann eine Anakonda in Notzeiten überleben, wenn sie zuvor ordentlich gefressen hat. Eine große Anakonda hat keine Schwierigkeiten, ein ganzes Wasserschwein zu verputzen. Kleine Anakondas fressen lieber Vögel oder kleinere Säugetiere.

Die Zunge der Anakonda ist gespalten und schwarz. Der Körper ist olivgrün und schwarz gemustert. So ist sie perfekt getarnt. Anakondas sind in Amazonien weit verbreitet und gelten nicht als bedroht. Nur in jungen Jahren werden sie mitunter von Krokodilen gefressen – als ausgewachsene Tiere haben sie keine natürlichen Feinde. Einzig wird auch ihr Lebensraum durch die Abholzung des Regenwalds immer kleiner.

## SCHMETTERLINGE

Schmetterlinge im Dschungel werden mitunter sehr viel größer als die Schmetterlinge bei uns in Europa. Manche haben eine Flügelspannweite von mehr als 15 Zentimeter. Edelfalter, Eulenfalter und Weißlinge kommen im Dschungel vor. Besonders schön sind die meisten Edelfalter, denn ihre Flügel sind sehr farbenfroh. Vor allem blau und rot sind die Farben, die du bei tropischen Schmetterlingen findest. Königsschwalbenschwanz, Ochsenauge und Rotgetüpfelter Schwalbenschwanz kommen ebenso vor wie der Nananenfalter, der Monarchfalter oder blaue Morphofalter. Mit ihren bunten Farben schrecken Schmetterlinge ihre Feinde ab. Sie signalisieren: Achtung, ich bin ungenießbar! Manche Schmetterlinge nutzen auch Tarnfarben. Sie sind eher braun oder grau gefärbt, ähnlich den Nachtfaltern, die du auch von zu Hause kennst. Das ist sehr wichtig für Schmetterlinge. Denn diese zarten Geschöpfe sind ansonsten völlig wehrlos. Der größte Schmetterling der Welt ist übrigens auch in Amazonien zu Hause. Es ist die sogenannte Brasilianische Rieseneule. Mit einer Flügelspannweite von 30 Zentimetern ist dieser Schmetterling größer als eine Amsel. Die Rieseneule schreckt ihre Feinde mit zwei „Augen“ auf ihren Flügeln ab. Die großen Punkte sehen aus wie die Augen eines größeren Tiers. So schützt sich der ansonsten recht farblose riesige Falter vor seinen Feinden, beispielsweise Vögeln. Schmetterlinge ernähren sich vom Nektar blühender Pflanzen. Diesen Nektar saugen sie mit einem kleinen Rüssel aus den Blüten heraus. Kein Wunder also, dass sie sich besonders im Amazonasgebiet sehr wohl fühlen. Denn dort ist durch das immer gleiche Klima der Tisch für den Schmetterling stets gedeckt. Durch die vielen verschiedenen Pflanzenarten gibt es reichlich Nahrung. Das sind ideale Bedingungen für die unzähligen Arten, die sich in Südamerika tummeln.

## SPINNENAFFE

Brüllaffe Bodo trifft in unserer Geschichte auch auf Spinnenaffen. Sie zählen zusammen mit den Brüllaffen zu den größten Affen in Amazonien. Genauer gesagt sind Spinnenaffen die größten Affen in Südamerika. Sie werden fast 80 Zentimeter groß und ihr Schwanz ist nochmals genauso lang. Fast 15 Kilogramm können Spinnenaffen wiegen. Spinnenaffen gelten als sehr gefährdet, wie auch die Hyazinth-Aras. Es gibt sie nur in einem sehr kleinen Teil des Regenwalds in Brasilien, und insgesamt wohl nicht einmal mehr 3.000 Exemplare. Die Spinnenaffen sind also sogar nahezu vom Aussterben bedroht. Deshalb werden sie inzwischen auch gezüchtet und ausgewildert.

Wie die Brüllaffen gehören auch die Spinnenaffen zu den Klammerschwanzaffen. Das heißt, sie können ihren langen Schwanz gezielt nutzen, um sie damit festzuhalten. Der Schwanz ist so etwas wie eine dritte Hand. Der Schwanz ist so kräftig, dass sie sich sogar ganz daran aufhängen können. Sie gelten als ruhige Zeitgenossen, die nicht gerne streiten. Wenn sie als Gruppe unterwegs sind, passen sie aufeinander auf. Das machen sie auch, indem sie einer nach dem anderen durch die Bäume hangeln oder hüpfen. So ist es für alle nicht so gefährlich. Denn das Risiko, abzustürzen, ist für jeden einzelnen kleiner, wenn nicht alle gleichzeitig losspringen. Auf dem Speiseplan von Spinnenaffen stehen Blätter, Früchte und Samen.

## STABHEUSCHRECKE

Die Stabheuschrecke gehören zu den „Gespensterheuschrecken". Das kommt daher, weil sie sich so gut tarnen kann. Wenn sie an einem Ast oder einem Stamm sitzt, siehst du vielleicht überhaupt nicht. Denn sie sind von ihrer Umgebung kaum zu unterscheiden. Außerdem können sie perfekt die Bewegungen eines im Wind schaukelnden Astes imitieren. Wenn Gefahr droht, bleiben sie einfach reglos sitzen und stellen sich tot. So kann der Feind sie nicht erkennen.

Manche Arten werden auch „Wandelnde Blätter" oder „Wandelnde Äste" genannt, weil sie tatsächlich ganz genauso aussehen. Es ist wirklich verblüffend, was die Natur sich da hat einfallen lassen. Der Name „Heuschrecke" ist allerdings irreführend. Denn rein wissenschaftlich betrachtet zählen die Stabheuschrecken gar nicht zu den „Schrecken". Schrecken sind nämlich springende Insekten. Die Stabheuschrecken springen aber nicht. Sie können nur gehen oder klettern.

## STUMMELSCHWANZ-ZWERGTYRANN

Als kleinster Sperlingsvogel auf der ganzen Welt gilt der Stummelschwanz-Zwergtyrann. Sperlinge kennst du bestimmt. Hier bei uns sagen wir einfach Spatz dazu. Der Stummelschwanz-Zwergtyrann in Südamerika ist ein Schreivogel und wird gerade einmal 6,5 Zentimeter lang. Würdest du ihn in der Hand halten, würdest du das wahrscheinlich nicht einmal merken, denn er wiegt nicht einmal fünf Gramm.

Der kleine Vogel sieht aus, als würde er eine Brille tragen. Denn er hat einen weißen Ring um die Augen. Ansonsten ist sein Gefieder grün wie eine Olive, ein bisschen schwarz und ein bisschen cremefarben.

Stummelschwanzzwergtyrannen leben allein oder zu zweit und bleiben am liebsten ihr ganzes Leben lang in ihrem Revier. Das heißt, sie ziehen nie um. Wenn sie sich einmal in einem Revier niedergelassen haben, dann wohnen sie dort für immer. Sie fressen ausschließlich Insekten. Ihr Nest sieht aus wie ein kleiner Sack. Zum Bau verwenden sie alles Mögliche, was sie in der Natur finden. Wie auch die Vogelnester bei uns in Deutschland benutzen sie Moos, Gräser und kleine Wurzeln oder Tierhaare. Die Eltern ziehen ihre Jungen gemeinsam groß.

## TAPIR

Schon in unserer Geschichte hast du es bemerkt: Ein Tapir sieht auf den ersten Blick ein wenig wie ein Wildschwein aus. Verwandt sind sie aber keineswegs mit Schweinen, sondern mit Pferden und auch mit Nashörnern. Das liegt an den Hufen. Sie sind sogenannte „Unpaarhufer“. Bis zu zweieinhalb Meter kann ein Tapir lang werden und über einen

Meter hoch. Dabei können sie mehr als 300 Kilogramm auf die Waage bringen. Sie haben einen Stummelschwanz und einen kleinen kurzen Rüssel. Tapire sind nur sehr früh morgens und ab der einbrechenden Dunkelheit aktiv. Nachts schlafen sie nur für ein paar Stunden. Am Tag ruhen sie sich dann so richtig ausgiebig aus. Was sie allerdings gerne tun: Schwimmen. Sie baden in Schlammlöchern und genießen dort die Abkühlung von der Hitze im Dschungel. Was der Tapir besonders gut kann, ist rennen. Wenn Gefahr droht, bleibt er erst einmal ruhig stehen und hofft, nicht entdeckt zu werden. Wird es aber brenzlig, dann rennt er wie verrückt los. Dabei interessiert es ihn auch nicht, was ihm im Weg steht. Er rennt einfach alles um. In der Regel nutzen sie aber immer dieselben Strecken im Regenwald. Deshalb bilden sich auch regelrechte Trampelpfade entlang der Wege, die die Tapire regelmäßig nutzen. Sie können bis zu 30 Jahre alt werden. Einige Tapir-Arten gelten aufgrund der Regenwaldabholzung als stark gefährdet. Deshalb werden die Tapire an manchen Orten auch genau beobachtet und bei Bedarf umgesiedelt. Das bedeutet, dass sie von Menschen an andere Orte im Regenwald gebracht werden, um dort weiterzuleben. In manchen Gegenden in Südamerika halten die Menschen Tapire auch als Haustiere.

# TUKAN

Hättest du gedacht, dass Tukane mit Spechten verwandt sind? Kaum zu glauben, aber das ist wirklich so. Diese schönen Vögel mit dem riesigen Schnabel gehören derselben Familie an wie der Bunt- oder Grünspecht bei uns zu Hause in Wald und Garten. Tukane sind allerdings größer und werden bis zu 65 Zentimeter lang. Ihr prächtiger, langer und gebogener Schnabel dient als Werkzeug. Aber nicht in derselben Weise, wie bei unseren Specht-Arten hier in Mitteleuropa. Der Tukan benutzt seinen Schnabel in erster Linie zur Kühlung des eigenen Körpers. Wie das geht? Ganz einfach: Wenn es dem Tukan zu heiß wird, dann schickt sein Körper mehr Blut durch den Schnabel. Weil der Schnabel nicht isoliert ist, wird die Wärme des Blutes an die Umgebung abgegeben. So überhitzt der Körper des Tukans nicht. Wenn es dem Tukan zu kalt ist, funktioniert das Ganze andersherum: Der Körper holt das Blut aus dem Schnabel zurück in den Körper, damit keine Körperwärme verloren geht.

Tukane ernähren sich hautsächlich von Früchten. Aber es stehen auch Insekten, Spinnen und kleine Reptilien sowie kleine Säugetiere auf ihrem Speiseplan. Da können wir ja von Glück reden, dass der Tukan in unserer Geschichte das winzig kleine Krokodil Max nicht einfach aufgefressen hat! Der Tukan in unserer Geschichte ist ein sogenannter Fischertukan. Der Fischertukan gilt als besonders schön und deshalb ist er auch am bekanntesten. Er ist schwarz und sein Schnabel ist knallig bunt. Es gibt aber noch viele andere Tukan-Arten, die teilweise ein sehr buntes Gefieder haben, etwas kleiner sind und auch eine andere Schnabelform aufweisen. Beispielsweise gibt es den Goldkehltukan, den Küstentukan, den Bunttukan, den Swainson-Tukan, den Riesentukan oder den Weißbrusttukan. Dann gibt es noch Blautukane und andere Arten mit kürzeren Schnäbeln.

Spielst du gerne Stadt, Land, Fluss? Wenn du einige dieser Arten auswendig lernst, kannst du deine Freunde mit solchen exotischen Tiernamen sicher überraschen.

## WANDERSPINNE (BANANENSPINNE)

Ekelst du dich vor Spinnen? Im Regenwald gibt es sehr viele davon. Aber am gefährlichsten für Mensch und Tier ist die brasilianische Wanderspinne. Sie wird auch Bananenspinne genannt. Das kommt daher, dass manchmal einige Exemplare dieser Spinnen mit einer Lieferung Obst in Bananenkisten in großen Containerschiffen zu uns nach Europa gereist sind. Wenn die Bananenspinne beißt, dann kann das böse Folgen haben. Denn sie ist sehr giftig. Bis zu sechs Zentimeter wird die Bananenspinne groß. Sie ist braun bis grau gefärbt und hält sich meistens auf Bäumen auf. Manchmal krabbelt sie aber auch einfach auf dem Boden oder im Gebüsch herum. Sie webt aber kein Netz, denn sie hat keinen festen Wohnsitz. Sie ist immer unterwegs. Um ihre Beute zu fangen, lauert sie ihr auf und springt sie an. Sie frisst gerne Insekten, aber auch Frösche oder Eidechsen.

## WASSERSCHWEIN

Die Wasserschweine gehören tatsächlich zur Familie der Meerschweinchen. Aber ein Wasserschwein könntest du nicht so einfach auf deine Hand setzen oder in einem Käfig halten. Denn diese Nagetiere sind die größten, die es gibt. Sie werden über einen Meter groß. Um die 80 Kilogramm kann ein Wasserschwein auf die Waage bringen. Du siehst: Das wäre wohl nicht das ideale Haustier für einen kleinen Käfig. Wasserschweine haben Schwimmhäute zwischen den Zehen. Irgendwie logisch, wo sie sich doch am liebsten im Wasser aufhalten. Oder?

Unterwegs sind sie meistens in der Dämmerung. Während des heißen Tages bleiben sie lieber in ihren Schlammlöchern im Wasser. Damit sie nicht so schnell von Feinden entdeckt werden, tauchen sie gern unter. Dabei können sie die Augen und die Nase über Wasser lassen, sodass sie auf den ersten Blick nur schwer zu entdecken sind.

Am liebsten fressen die Wasserschweine Gräser oder Wasserpflanzen. Fisch mögen sie dagegen überhaupt nicht.

Wasserschweine fühlen sich dort wohl, wo viel Wasser und wenig Feinde sind. Deshalb sind sie auch eine der wenigen

Arten, die von der zunehmenden Landwirtschaft in Amazonien profitieren. Denn dort, wo Bauern ihr Vieh halten, gibt es erstens genug Wasser. Und zweitens werden dort Raubtiere von den Menschen verdrängt – was ideal für das Wasserschwein ist. Denn es muss sich nicht mehr ständig davor fürchten, gefressen zu werden. Aber es gibt auch Gegenden in Amazonien, wo Wasserschweine vom Menschen gejagt werden. Trotzdem: Das Wasserschwein zählt bislang nicht zu den bedrohten Arten in Südamerika. Wasserschweine werden übrigens auch „Capybara" genannt. Dieser Name ist aus der Indiosprache abgeleitet und bedeutet so viel wie „Herr der Gräser".

## ZITTERAAL

In unserer Geschichte treffen die Freunde auf den Zitteraal Elektra. Zitteraale sind faszinierend. Sie werden bis zu zweieinhalb Meter lang und haben erstaunliche Eigenschaften. Zum einen atmen sie Luft über der Wasseroberfläche. Denn ihre Kiemen sind zurückgebildet. Deshalb bekommen sie unter Wasser nicht mehr ausreichend Sauerstoff. Alle 15 Minuten müssen sie auftauchen und nach Luft schnappen. Die Kiemen dienen eigentlich nur noch dazu, die verbrauchte Luft wieder auszustoßen. Trotzdem sind sie Fische. Der Sauerstoff gelangt über die Mundschleimhaut in den Kreislauf. Von uns bekannten gewöhnlichen Fischen unterscheidet sie außerdem, dass sie auch rückwärts schwimmen können. Ihr absolutes Alleinstellungsmerkmal aber ist ihre Fähigkeit, mit einem besonderen Organ Elektrizität zu erzeugen. Das dient ihnen zum einen zur Orientierung. Zum anderen können sie sich untereinander über diese Elektrizität verständigen. Das tun sie aber nur mit einer geringen Spannung. Starke Stromstöße gebrauchen die Zitteraale hingegen zur Verteidigung oder zur Betäubung ihrer Beute.

# QUELLENANGABEN


www.tagesschau.de/ausland/amerika/brasilien-amazonas-abholzung-103.html

www.spiegel.de/thema/amazonien/

www.the-worldtraveler.com/lateinamerika/tipps-infos/die-besten-survival-tipps-im-dschungel

www.volunteerworld.com/de/volunteer-abroad/brasilien

www.kinderweltreise.de/kontinente/suedamerika/brasilien/daten-fakten/tiere-pflanzen/pflanzen-in-brasilien/

www.tropenwaldnetzwerk-brasilien.de/acai-beere-die-suedamerikanische-perle/

www.kinderweltreise.de/kontinente/suedamerika/brasilien/daten-fakten/tiere-pflanzen/

www.de.wikipedia.org/wiki/Tapire

www.kindernetz.de/wissen/tierlexikon/steckbrief-tapir-100.html

www.brasiloo.de/land-leute/natur/tiere-brasilien

www.boell.de/de/2019/09/02/was-ist-amazonien-ueberhaupt

www.abenteuer-regenwald.de/wissen/regenwald/amazonas-weltwunder-amazonien

www.abenteuer-regenwald.de/wissen/tiere

www.happygringo.com/de/blog/south-america-monkey/

www.de.wikipedia.org/wiki/Brüllaffen

www.wilhelma.de/de/tiere-und-pflanzen/tiere/amazonienhaus/bruellaffe.html

www.wwf.de/themen-projekte/artenlexikon/mohrenkaiman

www.de.wikipedia.org/wiki/Krokodile

www.de.wikipedia.org/wiki/Tukane

www.wildlife-travel.com/de/einblick-in-die-vogelwelt-brasiliens-im-itatiaia-nationalpark/

www.papagei-magazin.de/amazonien-das-land-der-papageien/

www.de.wikipedia.org/wiki/Amazonenpapageien

www.abenteuer-regenwald.de/wissen/tiere/papageien

www.tierwelt-live.de/filme/hyazintharas

www.de.wikipedia.org/wiki/Stummelschwanz-Zwergtyrann

www.de.wikipedia.org/wiki/Gemeiner_Vampir

www.brasiloo.de/land-leute/natur/gefaehrliche-tiere-brasilien

www.abenteuer-regenwald.de/wissen/tiere/schlangen

www.abenteuer-regenwald.de/wissen/tiere/schmetterlinge

www.de.dreamstime.com/stock-footage-blauer-morpho-schmetterling-amazonas-regenwald-video99851373

www.de.wikipedia.org/wiki/Capybara

www.medienwerkstatt-online.de/lws_wissen/vorlagen/showcard.php?id=5632

www.de.wikipedia.org/wiki/Brasilianische_Wanderspinne

www.tagesspiegel.de/gesellschaft/berliner-schnauzen-brasilianische-wanderspinne-die-giftigste-im-spinnenuniversum/24325012.html

www.de.wikipedia.org/wiki/Jaguar

www.de.wikipedia.org/wiki/24-Stunden-Ameise

www.de.wikipedia.org/wiki/Zitteraale

www.welt.de/wissenschaft/umwelt/article156044343/Die-Legende-vom-toedlichen-Zitteraal-ist-endlich-geklaert.html

www.de.wikipedia.org/wiki/Kaiserschnurrbarttamarin

www.de.wikipedia.org/wiki/Gespenstschrecken

Printed in Poland
by Amazon Fulfillment
Poland Sp. z o.o., Wrocław

81948906R00127